„Du hast es versprochen"

Von Christine Stutz

© 2024 Christine Stutz
Verlag: BoD · Books on Demand GmbH,
In de Tarpen 42, 22848 Norderstedt
Druck: Libri Plureos GmbH,
Friedensallee 273, 22763 Hamburg
ISBN: 978-3-7693-0662-0

Prolog

Ausgerechnet jetzt mussten drei seiner Chirurgen in der Fortbildung sein. Wenn man das besaufe in Kabul so nennen durfte. Und einer der letzten Kollegen hatte sich gestern den Arm gebrochen. Jetzt stand Steven Lankaster fast allein am OP-Tisch. Und heute kamen eine Menge verletzter Soldaten rein. Die letzte Offensive war gründlich danebengegangen. Jetzt standen draußen ca. 12 Liegen mit jungen Soldaten. Jeder hoffte, der nächste zu sein. Doch Steven wusste, er konnte nicht ewig am Tisch stehen. Er konnte nicht alle Soldaten retten. Manchmal war das Leben einfach unfair. Frustriert ging er zum nächsten Patienten.

„Gehen sie zum nächsten Patienten, Sir. Das hier ist ein glatter Durchschuss. Das bekomme ich hin." Hörte Steven plötzlich eine Frauenstimme hinter sich sagen. Verwundert drehte er sich herum. Vor ihm stand Lilli Mayer. Leiterin der Militärpolizei hier im Lager. „Sind sie größenwahnsinnig geworden, Miss MP? Sie bilden sich ein operieren zu können? Das ist kein Onkel Doktor Spiel im Kinderzimmer!" Schnauzte er die junge Frau an. Was dachte sie sich nur. Lilli grinste unter ihrer Maske. Wie Steven das Grinsen liebte, dachte er erschüttert. Warum musste er ausgerechnet jetzt daran denken. Das hier war alles andere als lustig. Heute würden Menschen sterben, weil Ärzte fehlten. „Ich habe ein abgeschlossenes Medizinstudium hinter mir, Sir! Und ein Jahr als Assistenzarzt gearbeitet. Ich weiß also, was ich hier tue. Ach, wenn ich eigentlich nie wieder an einem OP-Tisch stehen wollte!" Schnauzte Lilli zurück. Dann nahm sie schweigend das Skalpell. „Ich muss geistig übernächtigt sein, dass ich darauf eingehe! Ich bin am Verzweifeln. Hoffentlich sind sie keine verkappte Massenmörderin, die hier ihrem Hobby frönt!" sagte er sarkastisch. Erschüttert machte Steven Platz und widmete sich dem nächsten Patienten. Immer wieder ging sein Blick zu der jungen Frau. Lilli arbeitete schnell und präzise. Sie wusste wirklich, was sie tat. Das würde eine Menge Leben retten.

„Sie sind gut. Und wenn ich das sage, können sie es glauben. Warum haben sie ihren Beruf aufgegeben und sich für die Militärpolizei gemeldet? Das ist so als würde ich mit meiner Begabung als Zoowärter arbeiten!" Schnauzte Steven Lilli Mayer wütend an. Noch nie hatte er mit einem anderen Menschen so gut zusammen gearbeitet. Fast wortlos hatten sie sich gegenseitig geholfen. Steven hasste Gerede während einer OP. Jetzt sah Steven zu, wie sich die junge Frau erschöpft aus ihrem Kittel schälte. „Sie sind reich, Doktor Lankaster, verdammt reich. Sie würden daher meine Beweggründe nicht verstehen. Menschen wie sie regeln alles mit Geld." Sagte Lilli verachtend. Steven schluckte, wie er das Vorurteil hasste. Er war nicht sein Vater, dachte er müde. „Sie haben der Medizin den Mittelfinger gezeigt, ich verstehe, Lady. Trotzdem konnten sie heute Nacht das Leid der verwundeten Soldaten nicht ignorieren. Die Medizin lässt sie nicht los, Kleine MP. Das macht uns zu Freunden." Sagte Steven breit grinsend. „Ich habe zwei Mittelfinger. Einer ist für sie übrig." Sagte Lilli und hob ihre Hand.

Zwei Jahre später

Ich rückte mein MP -Abzeichen gerade und atmete tief durch. Dann sah ich den großen Mann neben mir streng an. Steven Lankaster hatte es tatsächlich geschafft und war ein Freund geworden. Er hatte meine harte Schale geknackt. „Und, Mayor? Was war es diesmal? Was verschafft mir diesmal eine schlafkose Nacht? Können sie sich für ihre Eskapaden nicht einmal

eine Nacht aussuchen, wenn ich frei habe?"
Fragte ich verstimmt. Grimmig startete ich den
Jeep und fuhr Richtung Basis. Der große Mann
neben mir lachte leise. Das kannte ich bereits
und ärgerte mich darüber schon nicht mehr.
Früher hätte ich mich über das Lachen aufgeregt,
doch das war vorbei. Dazu kannte ich den Mann
mittlerweile zu gut. Ich ließ mich nicht mehr
provozieren. Das merkte auch der Mayor.

„Sie sind ja ziemlich gelassen geworden, Captain.
Sind sie endlich auch abgestumpft von dem
elenden Krieg?" Fragte Mayor Steven Lankaster
mich jetzt leise, nachdenklich. „Schade, ihr
Temperament war etwas, auf das ich mich immer
gefreut habe." Sagte der Mann jetzt heiser. Er sah
auf seine teure Armbanduhr und seufzte. „Wir
haben noch eine Stunde bis zum Zapfenstreich.
Lassen sie uns bei Matteo anhalten und etwas
Essen. Es ist doch egal, ob ich meinen Anschiss
etwas später oder früher bekomme. Und ich
möchte wetten, dass der du auch noch nichts
gegessen hast, Captain Lilli." Sagte er dann als ich
verbissen schwieg. Ich schluckte. Wie oft hatte ich

dem Mann verboten, mich zu duzen, doch einen Mayor Lankaster interessierte das nicht. Der Mann lebte nach eigenen Regeln, dachte ich. „Zum Frühstück hatte ich einen Sergeant, der Militäreigentum nicht zu schätzen wusste. Er hat fünf Uniformjacken „Verloren". Ich habe den Verdacht, dass er sie bei der Bevölkerung eingetauscht hat. Und zum Mittag hatte ich eine Krankenschwester, die ihre Pflicht etwas ausweitete. Die Wäschekammer ist kein Rückzugsort für brünstige Paare." Erklärte ich wütend. Wieder lachte der Mayor, denn auch ihn hatte ich dort bereits erwischt. Seit seine Verlobte in den Staaten die Verlobung gelöst hatte, lebte der Mayor sehr „Frei". Er war kein Kostverächter, dachte ich bitter. Egal ob Blond, Brünett oder Schwarzhaarig.

„Du bist eine Spielverderberin, Lilli. Hat man dir das schon mal gesagt? Keiner von uns ist freiwillig hier. Jeder macht seinen Dienst. Da ist doch etwas Entspannung nötig. Und wir haben in der Basis keine Privatzone. Irgendwo muss man sich doch treffen." Sagte Steven Lankaster schmunzelnd.

Verbissen schwieg ich, denn diese Diskussion führten wir nicht zum ersten Mal. Ich, die Chefin der Militärpolizei, er der Leiter des Lazaretts. Oberarzt und Playboy, der nichts anbrennen ließ. „Du bist seit zwei Jahren hier gefangen, Lilli. Hast du nicht auch manchmal das Bedürfnis, nach menschlicher Nähe? So kalt kannst doch selbst du nicht sein, dass du ohne Sex auskommst." Sagte der Mann neben mir jetzt neugierig.

„Man kann nicht vermissen, was man nicht kennt." Sagte ich grinsend und hörte Steven überrascht husten. Mit dieser Antwort hatte der Mann nicht gerechnet, merkte ich still. Ich hielt den alten Jeep vor Matteos Kneipe. Wenn man die Hütte so nennen konnte. Vier Wände, ein Wellblechdach, fertig. Doch der Mann, dieser Matteo, konnte kochen. Keine Ahnung, wie der Mann an die Zutaten kam, ich würde es auch nicht rausfinden wollen. Denn dann hieß es, in der Basis zu essen. Magenschmerzen inklusive. „Jetzt brauch ich einen Schnaps. Nach diesem Geheimnis. Du hattest noch keinen…" Steven verschluckte das letzte Wort. Er hatte bereits mehr als einmal Bekanntschaft mit meiner Faust gemacht. „Schnauze, Mayor, das fällt unter Arztgeheimnis, wir verstehen uns! Oder ich verschaffe dir einen Monat Ausgangsverbot. Dafür reicht deine Aktion heute aus. Die zerlegte Bar wird dich eine hübsche Summe kosten." Drohte ich verstimmt. Warum hatte ich dem Mann, der mich seit zwei Jahren ärgerte und provozierte, mein Geheimnis verraten? „Werde ich bezahlen, kein Ding. Aber auf deine Antwort brauche jetzt erst einmal einen Schnaps." Sagte der Mayor breit grinsend. „Und zu deiner Information. Es war erstmal das letzte Mal, dass ich dir Ärger bereitet habe, Capitain. Ich habe heute Nacht meinen Abschied gefeiert. Ich habe es geschafft. Morgen Mittag geht meine Maschine Heim. Ich bekam heute meine Papiere. Ich war ebenso überrascht, wie du es allen Anschein nach bist. Doch es soll zuhause ein Notfall vorliegen, sagte man mir.. ich bin gespannt, was es ist." Sagte er leise. Dann grinste er wieder. „Es wird dich ab sofort niemand mehr wegen deiner abgebrochenen Medizinkarriere aufziehen." Der Mann neben mir lächelte traurig.

„Obwohl ich dich in meinem OP-Saal vermissen werde. Du hast mir in den zwei Jahren oft den Arsch gerettet. Und ich möchte immer noch erfahren, warum du hingeworfen hast." Sagte er nicht ganz nüchtern.

Geschockt starrte ich den Mayor an. Er fuhr Heim? Das war es gewesen? Nach über zwei Jahren des Streitens und Ärgerns, war so plötzlich Schluss? Ich würde Steven nie wiedersehen? Ihn wieder bei einer Operation über die Schulter schauen? Er, der beste Chirurg hier, würde einfach verschwinden? „Natalie, ich werde das Mädchen nie vergessen, Steven." Begann ich und duzte den Mann das erste Mal. „Sie war stolze vierzehn Jahre alt, ein Gesicht wie ein Engel. Sie war damals meine Patientin. Endlich wurde ein Spenderherz für sie gefunden, es war höchste Zeit. Sie kam dafür in unser Krankenhaus. Doch dann hieß plötzlich, es gäbe Probleme mit dem Herzen und die OP wurde abgesetzt." Ich wischte mir eine Träne von der Wange. „So etwas passiert." Warf Steven ein. Ich hob meine Hand, er sollte mich ausreden lassen. „Natalie starb in meinen Armen. Ein Kind, dass das Leben noch vor sich hatte. Klug. Voller Hoffnung. Doch sie musste sterben. Sterben, weil, wie ich etwas später rausfand, das Herz einem millionenschwerem sechzigjährigen Mann eingepflanzt wurde! Einem alten Mann, der zwei Millionen für das Krankenhaus gespendet hat!" Ich unterdrückte einen Fluch. „Man fälschte die Unterlagen, damit niemand Verdacht schöpfen konnte. Ich wusste es aber, denn ich war im Labor dabei als man Natalies Werte verglich. Es hätte gepasst, Steven und doch musste sie sterben. Weil jemand anderes reicher war. Ich wurde entlassen, als ich das publik machen wollte." Sagte ich bitter. Wir beide schwiegen jetzt. Ich in Gedenken an Natalie, Steven, um das Gehörte zu verdauen. „as für eine Sauerei. Deswegen hat eine hervorragende Ärztin dem Beruf den Rücken gekehrt. Ich verstehe." Sagte er wütend.

Ich nickte langsam. „Es muss schön sein, wenn man reich ist. Dann kann man sich eine oder zwei kaputte Kneipen leisten, denke ich." Sagte ich, statt auf seine Worte einzugehen. Ich wollte das traurige Thema wechseln. Steven lachte leise. „Es waren fünf in den Jahren. Und jedes Mal hast du mich rausgeboxt, Lilli. Danke dafür." Er beugte sich zu mir und küsste sanft meine Wange. „Du solltest dein Medizinstudium wieder aufnehmen, wenn du hier rauskommst. Ich habe deine Akte gelesen. Du warst eine gute Studentin. Dir fehlen nur noch zwei Jahre. Und ein Jahr Assistenz. Du wärst eine gute Ärztin." Sagte er jetzt nachdenklich. Ich lächelte und stieg aus dem Wagen. „ Ich frage besser nicht, wie sie an meine Unterlagen gekommen sind. Aber der Zug ist abgefahren. Nicht jeder hat reiche Eltern, die das Studium finanzieren." Sagte ich gelassen. Es sollte keine Anklage sein. „Kommen sie Mayor, ein letztes Bier. Auf unsere Feindschaft. Das wird mir fehlen, denke ich." Sagte ich. Der Mann hatte keine Ahnung, wie sehr er mir fehlen würde, dachte ich still.

----

1 Kapitel

Mayor Steven Lankaster sah auf den blonden Lockenkopf in seinem Bett und verbot sich, die junge Frau zu wecken. Sie beide hatten gewusst, dass es früher oder später so enden würde. Das sie beide im Bett landen würden. Die Spannung zwischen ihnen war heftig gewesen. Irgendwann hatte es explodieren müssen. Und das war ausgerechnet seine letzte Nacht in Afghanistan gewesen, dachte er still. Er kannte diese kleine, energische Frau jetzt über zwei Jahre. Damals hatte er sich köstlich amüsiert, als man sie ihm als Chefin des Militär Polizei vorgestellt hatte, kein Wunder bei ihrer Größe und jugendlichen Aussehen. Doch Lilli hatte ihm schnell eines Besseren belehrt. Sie hatte ihre Mannschaft in Griff. Sie konnte sich durchsetzen. Etwas, was einen guten Arzt ausmachte, dachte er wieder und dachte an die Berichte, die er gelesen hatte. Über Lilli. Schmunzelnd erinnerte er sich, wie sie ihn das erste Mal unter Arrest gesetzt hatte. Damals zu Anfang ihrer Bekanntschaft. Seine Verlobte hatte ihm geschrieben und die Verlobung aufgelöst. Die Frau war nicht bereit, auf ihn zu warten. Sie hatte nie verstanden, was Steven hier suchte, wenn zuhause ein Vermögen auf ihn wartete. In seinem Stolz verletzt, hatte er sich volllaufen lassen und mit dem Erstbesten Streit begonnen.

Er hatte doch einen guten Grund, hier zu sein. Er wollte Leben retten, dachte Steven schwer, etwas wiedergeben von seinem bevorzugten Leben. Deshalb hatte er verpflichtet. Das hatte Rita nie verstanden. Außerdem hatte er in den Jahren hier eine Menge gelernt, dachte er weiter. Dinge, die er zuhause nie erlebt hätte. Aus dem verwöhnten Playboy war hier ein Mann geworden. Das hatte er vor allem Lilli zu verdanken, dachte er. Er liebte sie, keine Frage. Sein Blick ging wieder zum Bett, zu Lilli. Die Frau würde er vermissen. Aber so war es im Krieg. Die einen gingen, die anderen blieben. Vielleicht hätte er sich früher trauen sollen, dann hätten sie mehr Zeit zusammen gehabt. Es hätte mehr daraus werden können, doch die Chance hatte er vertan.

Ein Männerkopf sah jetzt zur Tür rein. Barry Webster. Stevens bester Freund hier. Betreten, verlegen, sah er zu Lillis Bett. „Hier bist du, Steven. Dein Hubschrauber wartet. Ab nach Kabul und nachhause. Deine Koffer sind schon verstaut. Hast dich also gebührend vom Captain verabschiedet. Ihr beiden wart ja ein merkwürdiges Gespann. Eure Streitereien hat Leben in die Basis gebracht. Na, damit ist ja jetzt Schluss. Komm, der Pilot wartet." Flüsterte Barry heiser. Steven ignorierte die Wut in Barrys Worten. Er wusste, der Mann liebte Lilli ebenso wie er es tat. „Ich bin in fünf Minuten da. Beruhige den Piloten." Bat Steven und suchte Papier und einen Schreiber.

„Liebste Lilli"

Es ist schäbig, mich einfach so weg zu stehlen. Und das nach dieser schönen Nacht. Doch ich hasse Abschiede und du auch, schätze ich. Und so wird es wenigstens nicht peinlich für uns. Zwei Feinde, die im Bett gelandet sind. Du AB Positiv-Optimistisch. Ich B Negativ verdorben. Ich kenne dich gut. In den letzten zwei Jahren, hatte ich genug Zeit dafür. Ich werde nie vergessen, wie oft du mir den Hals gerettet hast. Mich gedeckt hast, beim Oberst. Oder, wie du im Kittel in meinem OP aufgetaucht bist. Das hat vielen jungen Männern das Leben gerettet. Du warst vor deinem Eintritt in die Armee eine super Krankenschwester und hast Medizin studiert. Dir fehlen nur noch wenige Jahre zum Facharzt. Mach da weiter, wenn dieser Mist auch für dich endet. Versprich mir das. Du hast genau die richtige Mischung aus Mitgefühl und Strenge, das einen guten Arzt, entschuldige, Ärztin, ausmacht. Ich muss los, der Hubschrauber wartet. Mach es gut, Capitain.

„Steven"

P.S. ich hoffe, wir sehen uns unter besseren Umständen wieder. Ich werde sehen, was zuhause los ist, dass ich heimmuss. Dann versuche ich zurückzukommen, Versprochen. Wie sagst du immer? Es gibt immer eine Zeit und eine Gelegenheit für das Schicksal.

„Steven"

P.S. Ich lasse meinen Siegelring bei dir. Pass gut darauf auf. Ich hole ihn mir wieder.

Steven zog seinen schweren Siegelring vom Finger und steckte ihn auf Lillis Hand. Dann legte er seinen Brief vorsichtig auf das Kissen neben dem wirren Lockenkopf und ging schweigend. Sein Flug, seine Zukunft wartete. Was immer sie bringen würde.

Steven war gegangen. Ich erhob mich schwer. Endlich konnte ich meinen Tränen freien Lauf lassen. Zum Glück hatte er mich nicht geweckt und es peinlich werden lassen. Wir beide waren nie Freunde gewesen. Seit dem ersten Tag unseres Kennenlernens hatten wir uns gefetzt. Damals hatte der Mann sich über meine Größe und junges Aussehen amüsiert. Als wollte er mich weiterhin ärgern, hatte er stets in meiner Schicht über die Strenge geschlagen. Ich erinnerte mich an die Nacht, da er den Brief seiner Verlobten erhalten hatte. Volltrunken hatte er in meinen Armen geweint. Damals hatte ich mich in den Mann verliebt, dachte ich stockend. Zum Glück erinnerte Steven sich nicht mehr daran. Damals, in dieser Nacht hatte ich erkannt, dass dieser

Mann nicht so arrogant und selbstherrlich war, wie er sich immer gab. Das es nur eine Maske war, um die Grauen hier sarkastisch zur ertragen. Ja, in dieser Nacht hatte ich mich in Steven Lankaster verliebt, kein Zweifel, dachte ich still. Leider beruhte das Gefühl nicht auf Gegenseitigkeit. Schon am nächsten Tag brachte mich der Mann wieder auf die berühmte Palme. Still leidend musste ich seit dem Tag mitansehen, wie der Idiot eine hübsche Krankenschwester nach der anderen vernaschte. Und diese jungen Dinger fielen ihm reihenweise in die Arme. Steven Lankaster, dem reichen, gutaussehenden Arzt. Heute Nacht war ich es gewesen, der in seinen Armen liegen durfte. Ich hatte keine Ahnung, wie das passieren konnte. Hatten wir nicht nur etwas trinken wollen? Auf das er mich ab jetzt in Ruhe lassen würde? Das ich endlich damit abschließen konnte?

Irgendwie wollte keiner von beiden den Abend enden lassen. Keiner von uns wollte an die einsame Zeit denken, die jetzt vor uns lag. Er zuhause, ich hier mitten im Krieg. Verdammt, der

Kerl würde mir fehlen. Kein anderer Mann konnte mich so zur Weißglut treiben, wie Steven es getan hatte.

Genug geheult, dachte ich irgendwann und erhob mich. Ich musste das Bett abziehen und waschen. Es verriet, was hier letzte Nacht passiert war, dachte ich verlegen. Immerhin war es das erste Mal für mich gewesen. Ich bedauerte keine Sekunde davon. Der Mann war ein erfahrener Liebhaber. Ich hatte es genossen. Steven hatte mir keine Versprechungen gemacht, dafür war ich dem Mann dankbar. Denn nichts war schlimmer als falsche Hoffnungen, dachte ich weiter.

Es klopfte und meine Tür ging auf. „Steven ist los. Es wird langweilig werden, denke ich. Alles in Ordnung, Capitain?" Fragte jetzt Barry schief grinsend. Er sah das beschmutze Laken, schwieg aber rücksichtsvoll. Dankbar nickte ich nur. „Das hier war wohl fällig, denke ich, Mayor. Ich weiß, dass sie schweigen werden, oder?" Fragte ich. Barry trat zu mir und legte seine große Hand auf meine Schulter. Ich spürte seine Wärme und beruhigte mich. „Ich weiß, dass du den Mann liebst. Es ist besser so, Lilli. Der Mann ist reich und spielt in einer anderen Liga als wir Arbeiterkinder. Auch wenn wir Freunde waren, zuhause sieht es anders aus." Sagte Barry nachdenklich. Doch es klang etwas gehässig, ging mir durch den Kopf. „Komm der Morgenappell wartet." Tröstend legte Stevens bester Freund seinen Arm um mich. Es fühlte sich gut an.

----

6 Monate später

Wütend legte ich den Brief in meine Schublade und schloss diese geräuschvoll. Dieser Idiot. Warum schrieb er mir immer wieder? Womit hatte ich das verdient? Konnte er mich nicht einfach in Ruhe lassen? Jedes Mal, wenn ein Brief von Steven Lankaster kam, schwor ich mir, diesen ungelesen zu verbrennen, Doch dann öffnete ich ihn doch, begierig zu erfahren, wie es dem Mann ging. In den ersten Briefen hatte er geschrieben, wie schwer es ihm fiel, sich an das „ruhige" Leben wieder zu gewöhnen. Nicht bei jeder Sirene aufzuschrecken. Jede Nacht mit neuen Verletzten zu rechnen. Ich hatte das nachempfinden können, dachte ich. Dann, plötzlich hörten die Briefe auf. Seit Monaten kein Wort mehr. Jetzt hatte Steven Barry geschrieben.

Doch, das was er heute Barry geschrieben hatte, schlug dem Fass die Krone aus dem Gesicht. Hatte Steven wegen dieser widerlichen Frau damals nicht sturzbetrunken, weinend, in meinen Armen gelegen? Weil sie ihn absserviert hatte und seinen besten Freund heiraten wollte? Und jetzt schrieb Steven Barry ungeheures. Ich war wütend wie selten in meinem Leben.

Es klopfte und Barry betrat mein Zimmer. In den letzten Monaten vertiefte sich unsere Freundschaft. Er war mir eine große Hilfe geworden. Mit Barry konnte ich alles besprechen. „Du hast also den Brief von Steven Lankaster gelesen. Wenn ich deinen Gesichtsausdruck richtig deute, Lilli. Hast du dem Mann nicht endlich die Wahrheit geschrieben?" Fragte jetzt Barry breit grinsend. Liebevoll strich der Mann über meinen kleinen Bauchansatz. Das nervte mich. Ärgerlich schubste ich Barry Richtung Sessel. „Was soll ich dem bald frischgebackenen

Ehemann denn schreiben? Ich gratuliere. Unsere einzige, gemeinsame Nacht blieb nicht ohne Folgen? Freue dich. Du wirst Vater? Erzähle es deiner niedlichen Rita? Es wird eine interessante Geschichte für die Hochzeitsnacht. So zwischen zwei Nummern, wenn sie Luft holen müssen. Oder ihnen der Gesprächsstoff ausgeht. Dann hat Steven jedenfalls eine Überraschung für seine süße Rita." Fauchte ich untypisch für mich, den armen Barry an.

„Er hat diese Rita ebenfalls geschwängert, habe ich erfahren. Das wundert mich nicht. Ehrlich war Steven immer schon. Er hat mir auch geschrieben, ich soll es dir erklären. Es ist keine Liebesheirat, Lilli. Steven fühlt sich verpflichtet, die Frau zu heiraten. Es ist kompliziert. Reiche Menschen haben da ihre eigene Welt, denke ich. Er weiß immer noch nicht, dass er Vater wird, oder? Du hast es Steven nicht geschrieben?" fragte Barry ernst. Ich schüttelte meinen Kopf. „Was sollte es bringen? Steven hat seinen Weg gewählt. Er heiratet diese Rita. Seine große Liebe, wenn ich mich an seinen Liebeskummer von damals erinnere. Dabei hat der Kerl damals hier auch nichts anbrennen lassen. Nein, er wird von seinem Sohn nichts erfahren. Nicht, wenn ich es verhindern kann, Barry." Sagte ich leicht drohend. Der Mann wusste, ich verlangte Stillschweigen von ihm. Barry war Stevens bester Freund hier gewesen, es fiel dem Mann schwer. Er verheimlichte eine Menge. Und ich war daran schuld. „Ich werde Steven nichts sagen oder schreiben, das habe ich dir versprochen, Lilli. Aber der Mann macht sich Sorgen um dich. Du beantwortest keinen seiner Briefe. Seit seinem Abflug hat er nichts mehr von dir gehört oder gelesen. Du gehst nicht mal ans Telefon, wenn er versucht, dich anzurufen." Schimpfte Barry jetzt liebevoll." Er seufzte, als er meine dicken Tränen sah, die mir ungehindert über die Wangen liefen. „Verdammte Hormone." Fluchte ich. „Hat er deswegen aufgehört, mir zu schreiben? Seit drei Monaten kein Brief von ihm." Barry wechselte seine Gesichtsfarbe und zog mich tröstend an sich.

Steven drehte sein Telefon nervös in den Händen. Heute heiratete er seine Ex-Verlobte Rita. Weil er unvorsichtig und dumm gewesen war. Angetrunken und voller Frust. Warum meldete sich Lilli denn nicht? Hatte er diese wundervolle Frau mit seinem stillen Weggang damals so sehr verletzt? Vielleicht sollte er sie noch einmal anrufen und ihr alles erklären. Das er Vater wurde und zu seiner Verantwortung stehen musste. Er war so dumm gewesen, sich auf eine kurze Affäre mit Rita einzulassen. Um seinen verletzten Stolz zu heilen. Um sich zu beweisen, dass er nicht der Verlierer in dem Spiel um Rita war. Jetzt war Rita schwanger von ihm und er musste dazu stehen. Das wollte er Lilli so gerne sagen. Damit die energische Frau ihm verstand. Sie liebte ihn doch und verstand ihm. Wieder wählte Steven die Telefonnummer, doch dann löschte er alles und steckte das Gerät schnell in seine Tasche. Lilli hatte alles Recht der Welt, ihm zu meiden. Es gab keine Rechtfertigung für seine Dummheit, dachte er frustriert.

2 Kapitel

5 Jahre später

Genervt lief Steven Lankaster durch das große Krankenhaus. Immer wieder wurde sein Lauf von Menschen unterbrochen, die ihm dumme oder überflüssige Fragen stellten. Fragen, die sie sich mit etwas Nachdenken auch selbst beantworten konnten, dachte er wütend. Jeden Tag dasselbe Problem. Warum sollten die Ärzte und Schwestern hier selbst denken, wenn währenddessen lieber ihn nerven konnten. Hatte er nicht genug Probleme mit seinen Patienten und seinem Privatleben? Die ständigen Anrufe von Rita zerrten an seinen Nerven. Ihre immerwährenden Forderungen gingen an das Limit, dachte er wieder. Doch das war es Wert gewesen. Dafür, dass sein Sohn bei ihm aufwachsen durfte. Wieder unterdrückte er einen herben Fluch. Es war nicht leicht als alleinerziehender Vater. Zum Glück verfügte das Klinikum über eine sehr gute Kinderbetreuung. Und das vierundzwanzig Stunden lang. Steven konnte Ben zur jeder Zeit dort abgeben. Ein

Prinzip, das sich seit der Geburt des Jungen bewährt hatte. Denn solange war seine Mutter schon kein Teil seines Lebens mehr, dachte Steven wieder. Eine junge Assistenzärztin steuerte auf Steven zu. Er wusste, die junge Frau hatte sich in ihn verguckt. Darauf hatte er jetzt überhaupt keinen Nerv. Sein grimmiger Gesichtsausdruck ließ die Frau umdrehen, das reichte heute also, dachte Steven erleichtert. Nicht, dass die Frau aufgeben würde. Die Frau war für ihre Hartnäckigkeit bekannt.

Lautes Kinderlachen riss Steven aus seinen Gedanken. Dort drüben, in der Empfangshalle tobte doch tatsächlich sein Sohn Ben! Wie zum Teufel, kam Ben hierher! Er sollte doch um diese Zeit im Hort sein. Er sollte schlafen. Mit seinen vier Jahren war Mittagsschlaf angesagt. Auch wenn sich weigerte und für zu alt dafür hielt. Wie war der Bengel diesmal entkommen? Na, die Erzieherinnen konnten sich echt was anhören, dachte Steven wütend, denn das fehlte ihm heute noch. Hatten sich heute alle gegen ihn verschworen? Jetzt musste er also seinen Sohn einfangen, statt sich mit einer Patientin zu unterhalten. Ben kletterte jetzt auf einen der Stühle und breitete seine Arme aus. „Ich bin ein Flugzeug!" Rief er lustig grinsend. Gerade rechtzeitig fing Steven das Kind auf, bevor es auf dem harten Boden hier fallen konnte. Liebevoll schwenkte Steven das Kind herum. Er liebte seinen Bengel abgöttisch, daran konnte niemand zweifeln. Auch, wenn Bens Streiche ihm manches graue Haar bescherte, dachte Steven schief lächelnd.

„Danke, Onkel, das war lustig." Sagte der Junge höflich. Verwundert stellte Steven den Jungen auf die Füße. So gut erzogen kannte er Ben nicht. Und seit wann hatte Ben einen Dialekt in seiner Stimme? Argwöhnisch zog Steven seine Augenbrauen zusammen. Hier stimmte etwas nicht. „Onkel? Was soll der Mist, Ben? Und wie bist du diesmal aus dem Hort entkommen?" Fragte Steven argwöhnisch. Denn irgendetwas stimmte hier ganz und gar nicht. Das Kind in seinem Arm sah seinem Ben verblüffend ähnlich, doch es war nicht sein Sohn. Das spürte Steven jetzt. „Ben? Ich heiße nicht Ben. Ich heiße Matteo, Onkel. Meine Mutter ist hier, um sich vorzustellen. Sie will Ärztin werden. Mama sagt immer, meine Blutgruppe sei AB Positiv anstrengend." Stellte sich der kleine Junge vor.

Steven wurde leicht schwindlig. Er musste sich setzen. Das kam ihm so unglaublich bekannt vor, erinnerte er sich wieder. Durfte das wahr sein? Es war damals doch nur eine verzauberte Nacht gewesen. Sofort sah er wieder Lilli vor sich. Die junge, energische Sicherheitssoldatin. Steven schüttete sich kurz. Zeit, den Dingen auf dem Grund zu gehen, überlegte er und hob den Jungen auf. „Matteo also. Sie hat meinen Jungen Matteo genannt. Das wird ein Nachspiel haben, Lilli Mayers.". Fluchte Steven wütend wie nie in seinem Leben. Das Kind in seinen Armen begann jetzt zu schreien und zu strampeln. „Lass mich runter. Ich darf nicht mit Fremden gehen." Schrie Matteo laut. Die Blicke der anderen Menschen in der Halle wanden sich zu Steven. Jetzt senkte Matteo seinen Kopf, bereit, Steven zu beißen. „Wage das ja nicht, Zwerg. Wir beide werden jetzt deine Mutter suchen. Sie hat dich hier allein gelassen." Sagte Steven drohend.

„Hat sie nicht. Tante Gaby sollte auf mich aufpassen. Doch die ist aufs Klo und noch nicht wieder da." Schrie Matteo. Das Kind genoss die Aufmerksamkeit, die es erregte und schrie jetzt laut. Genauso, wie sein Ben, dachte Steven finster. Er hasste neugierige Blicke. „Dann hätte dich deine Tante mitnehmen sollen! Jetzt suchen wir deine Mutter. Sie muss mir eine Menge erklären." Sagte Steven finster. „Zum Bespiel, wo du geboren bist." Setzte er sarkastisch hinzu.

„Ich wurde in einem Militärkrankenhaus in Kabul geboren, Onkel. Dort lebten Mama und ich. Nach ihrer Dienstzeit zogen wir hier nach Boston." Erzählte Matteo jetzt wieder breit grinsend. Das Kind spürte, es ging keine Gefahr von dem finsteren Mann aus. „Du bist genauso klug wie mein Ben. Gnade uns Gott, wenn ich euch beide zusammen lasse." Stöhnte Steven. Mit einem strengen Blick stoppte er eine ältere Frau, die sich einmischen wollte. „Er ist mein Sohn, gute Frau. Alles in Ordnung." Erklärte er gezwungen freundlich. Mussten sich alte Menschen denn immer einmischen? Hatten sie nichts Besseres mit ihrer Zeit zu tun? Meine Kinder waren besser erzogen, sie haben nie geschrien." Murmelte die alte Frau beleidigt. Steven biss sich auf die Zunge, um seine nicht gerade jugendfreie Antwort für sich zu behalten. Eine reife Leistung für den bekannt groben Oberarzt. Jeder hier fürchtete seine treffenden Kommentare. „Er lügt! Mein Dad war Barry Webster! Er ist tot!" Schrie jetzt Matteo laut. Das ließ Steven kurz zusammenzucken. Barry Webster hatte die Verantwortung für seinen Sohn übernommen? War das der Grund, warum sein damaliger Freund sich nie wieder gemeldet hatte? Steven hatte das seiner Hochzeit mit Rita zugeschrieben. Wieder kam die alte Frau auf Steven zu. Kampfbereit die Handtasche erhoben. „Wagen sie es nicht. Das ist mein Sohn! Ich bin hier Oberarzt." Sagte Steven grollend und war froh, den Fahrstuhl zu erreichen. Ohne die große Handtasche der alten Dame zu spüren. Erleichtert stellte er den Jungen ab. „Wir beide werden jetzt deine Mutter aufsuchen, Kleiner." Sagte Steven sarkastisch. Er wusste, wo er Lilli finden würde. Matteo grinste jetzt siegessicher. „Um so besser. Mama wird ihnen den Marsch blasen. Sie steht nicht auf Entführungen." Sagte das Kind lachend. Selbstbewusst war sein zweiter Sohn, musste Steven widerwillig stolz zugeben.

„Ihre Zeugnisse sind sehr gut. Und ihre Arbeiten werden von ihrer ehemaligen Klinik gelobt. Sie haben bei einigen schweren Operationen assistiert, sehr beeindruckend." Sagte Mister Traller freundlich „Und sie haben vier Jahre in Afghanistan gedient, Mrs. Webster? Alle Achtung. Unser Chef Chirurg war auch drüben. Er spricht nicht gerne darüber." Sagte der Klink Chef jetzt und riss mich aus meinen Gedanken. Dieses Gespräch dauerte länger als ich vermutet hatte. Hoffentlich riss sich Gaby zusammen und passte auf Matteo auf. Meine junge Stiefschwester war nicht gerade zuverlässig, dass wusste ich natürlich. Aber sie war heute meine Rettung gewesen. Das Vorstellungsgespräch war überraschend anberaumt worden. Der Anruf kam heute Morgen. Mitten in meinem Umzug. Nach langem Zögern hatte ich meine Zelte in Boston abgebrochen, um in die Nähe meiner Familie zu ziehen. Ich brauchte deren Unterstützung, wenn ich meinen Traum wahr machen wollte. Meinen Traum, als Ärztin zu arbeiten. Einen Traum, den mir mein geleibter Ehemann Barry ermöglicht hatte, erinnerte ich mich dankbar und wischte eine verstohlene Träne fort. Jetzt war keine Zeit für Trauer. „Ich kann verstehen, dass ihr Chirurg darüber schweigt. Ich rede auch nicht gerne darüber. Es ist etwas, was man in Afghanistan lässt." Sagte ich sehr ernst. Der sympathische Mann vor mir nickte. „Merkwürdig, genau dasselbe sagt Professor Lankaster auch immer, wenn man ihn darauf anspricht." Sagte der Chef von dem Klinikum leise.

Er sah, wie ich heftig zusammenschreckte. Nein, das konnte, durfte nicht sein, dachte ich erschüttert. Das musste ein großer Zufall sein. Mein Herzschlag verdoppelte sich augenblicklich. „Sie reden da nicht von Professor Steven Lankaster, Sir? Der Mann praktiziert doch in

Boston. So steht es doch im letzten Artikel des Mannes." Fragte ich unsicher. Bitte, lass es nicht Steven sein, betete ich still. Ich bereitete mich auf einen überstürzten Aufbruch vor. Wenn es sich wirklich um Steven handelte, hatte ich hier keine Zukunft. Dann musste ich hier in Lichtgeschwindigkeit verschwinden, überlegte ich sarkastisch. Denn ich wollte den Mann nicht wiedersehen. Das ging allein wegen Matteo nicht. Mister Traller lächelte wohlgesonnen. „Wie ich sehe, haben sie sich mit den Arbeiten des Professors bekannt gemacht. Sie werden eng mit dem Mann zusammenarbeiten, Mrs. Webster. Im Grunde suche ich eine Assistenzärztin für den Professor. Und da sie ihren Facharzt auch in der Neurologischen legen möchten, würde es gut passen. Und sie sind sehr selbstbewusst, das ist gut. Denn der Professor kann schwierig werden. Sein Umgang mit den Patienten gibt oft Grund zur Klage. Er ist da gnadenlos ehrlich. Oft ist das nicht angebracht, wenn sie verstehen, Mrs. Webster." Erklärte der Klinik Chef jetzt etwas gedämpft. Schwer schluckend schloss ich meine Augen. Ich hatte diese Anstellung sicher, erkannte ich. Ich müsste jetzt nur lächeln und zustimmen. Doch alles, an das ich denken konnte, war Flucht. Schnell weg aus Steven unmittelbarer Nähe. „Das hat sich in den ganzen Jahren also nicht geändert. Immer noch dieses Ekel, wenn es um die Diagnosen geht." Murmelte ich als Antwort.

„Sie kennen den Professor bereits? Na, dann passt es wunderbar. Dann muss ich nicht fürchten, dass sie so schnell das Handtuch werfen. So, wie ihre drei Vorgänger. Wann können sie anfangen, Mrs. Webster? Der Professor hat eine Menge Arbeit. Denn trotz seiner ruppigen Art, wird seine brillante Arbeit sehr geschätzt. Sie werden eine Menge lernen." Sagte Mister Traller lockend. Das könnte ich in der Tat, dachte ich und erinnerte mich, wie ich Steven damals in Afghanistan bei seinen Operationen beobachtet hatte. Wie oft hatte ich damals in den improvisierten OP-Räumen ausgeholfen. Mich freiwillig gemeldet, nur um Steven bei der Arbeit zu sehen. „Ich muss ihr verlockendes Angebot leider ablehnen. Es hat sich etwas ergeben, dass es mir unmöglich macht, hier zu arbeiten." Sagte ich ehrlich bedauernd.

Plötzlich wurde, ohne zu klopfen, die Tür aufgerissen und ein sehr wütender Steven Lankaster stürmte in das große Büro. Meinen kleinen Matteo auf dem Arm. „Lilli Webster-Mayer. Was fällt dir ein, unseren Sohn ausgerechnet nach unserer Lieblingskneipe zu benennen!" Donnerte er los.

3 Kapitel

Ich saß sprach in meinem Stuhl. Unfähig, auf Stevens Vorwurf zu reagieren. Den Mann nach fünf Jahren so unverhofft wiederzusehen, verschlug mir die Sprache. Mein kleiner Sohn strampelte und versuchte sich, aus Stevens Griff zu befreien. Jetzt beugte Matteo seinen Kopf. Ich wusste, was er vorhatte. „Zweite Warnung, Sohnemann. Beiß zu und du kaust auf deinen Felgen bis die zweiten Zähne kommen." Knurrte Steven drohend. Verwundert erstarrte mein Kind und wurde steif. „Mama, der Mann hat mich entführt. Ich will runter." Sagte er, als wir Erwachsenen schwiegen. Ich erhob mich und nahm Matteo auf den Arm. „Wie kommst du darauf, dass es dein Sohn ist, Steven Lankaster? Oder sollte ich Professor sagen? Matteo ist mein Sohn. Und Barry Webster ist sein Vater. Du erinnerst dich an Barry? Er war dein bester Freund damals on Afghanistan." Sagte ich ironisch. Meine militärische Ausbildung sei Dank, gelang es mir, meinen Schock über Stevens plötzliches Auftauchen gut zu überspielen. „Hättest du damals weiterhin gemeldet, hättest du von unserer Hochzeit erfahren." Setzte ich leicht bitter hinzu. Sollte Steven ruhig wissen, wie sein plötzliches Schweigen mich verletzt hatte. Steven knurrte ungehalten. Wieder wies er auf meinen kleinen Matteo. „Mag sein, dass Barry den Vater gegeben hat. Doch der Erzeuger des kleinen Wirbelwindes bin ich. Das kann ich beweisen. Auch ohne aufwendiges Labor!" Schnauzte er jetzt wütend.

„Kann mich mal einer aufklären? Was schreien sie hier herum, Professor Lankaster? Ich kenne ihre ungehobelte Art und akzeptiere sie, weil sie ein überragender Arzt sind. Aber das hier geht zu weit." Sagte jetzt Mister Traller streng. Der arme Mann wollte sein Gesicht vor mir bewahren, das spürte ich. Leider vergebens. Ich kannte das schiefe Grinsen in Stevens Gesicht sehr gut. Tausend Erinnerungen schossen mir durch den Kopf. „Ich dachte eigentlich, dass sie mit ihren fünfundvierzig Jahren aufgeklärt wären, Direktor. So kann man sich irren." Sagte der große Mann breit grinsend. Ich sah, wie der Klinik Chef rot anlief. Das war typisch Steven, konnte ich nur denken. „Alles andere hier ist Familienangelegenheit. Das geht nur Lilli und mich etwas an." Sagte Steven dann etwas leiser. Ich musste einschreiten. Das hier ging wirklich zu weit. Steven war in den vergangenen Jahren anscheinend noch sarkastischer geworden, überlegte ich. Was war dem Mann nur widerfahren? „Ich weiß nicht, von welcher Familienangelegenheit sie sprechen, Professor Lankaster. Wir sind nicht verwandt." Erwiderte ich schnippisch. Steven nahm erneut Matteo auf dem Arm und zerrte mich dann unsanft aus dem Sessel. „Wir beide sind die Eltern dieses Jungen, Lilli Webster-Mayer. Und das macht uns zu Verwandten!" Sagte er schneidend. „Halte fünf Minuten deinen Mund. Ich will keine weiteren Lügen hören!" zischte er leise in mein Ohr. „Sie sind mit Miss Mayer fertig? Ich brauche die Frau jetzt, Direktor Traller." Steven zerrte mich aus dem großen Büro und weiter, den Gang hinunter. Ich versuchte vergeblich, mich zu wehren, sein Griff war eisenhart. Steven zerrte mich vorbei an aufgeregten Ärzten und Krankenschwestern.

Jetzt wurde der Mann kurz aufgehalten. „Entschuldigen sie, Professor. Wir sind auf der Suche nach einem vierjährigen jungen. Er ist seiner Tante entwischt. Wir sind alle angewiesen worden, das Kind zu suchen. Bevor die Chefärztin die Polizei einschaltet." Wagte einer der jungen Ärzte Steven anzusprechen. Sein Blick streifte kurz meinen Matteo. Unsicher, ob er das gesuchte Kind gefunden hatte. Steven holte tief Luft. Um sich zu beruhigen, überlegte ich. Nur, um dann ein Donnerwetter loszulassen. „Das hier ist ein Krankenhaus! Keine Irrenanstalt für verantwortungslose Babysitter! Bestellen sie der Chefärztin, dass ich den Jungen samt Mutter gefunden habe. Und der verantwortungslosen Tante Gaby bestellen sie, dass eine saftige Rechnung auf sie zukommt! Meine Zeit ist kostbar!" Schnauzte er dann den armen Man vor sich an. Er tat mir unendlich leid. „Bestellen sie meiner Schwester, dass Matteo bei mir ist. Es ist alles in Ordnung. Sie soll bitte am Wagen warten. Ich komme gleich dorthin." Sagte ich freundlich und erntete einen dankbaren Blick von dem jungen Mann, einen äußerst Finsteren von Steven. „Worauf warten sie Rader. Wir haben Patienten zu versorgen! Wo kein Schnee liegt, kann gelaufen werden!" Schnauzte Steven weiter. Der junge Arzt nickte und eilte davon. Matteo, mein kleiner Sohn, kicherte jetzt. „Genau das sagte Papa auch immer, oder Mama?" Fragte er unbedarft und ich sah Steven kurz zusammenzucken. „Barry ist tot? Warum weiß ich nichts davon? Wir waren doch alle Freunde damals. Du hättest es mir mitteilen sollen."

Schimpfte er dann leise. Es war nur für meine Ohren bestimmt, dass wusste ich natürlich. „So, wie du mir damals von deiner Hochzeit geschrieben hast? Mit der Frau, die dich elendig hintergangen hat? Barry musste es mir mitteilen. Sehr edel von dir. Zu deiner Information. Ich komme gut allein zurecht. Barry hat seine Familie, mich und Matteo, gut abgesichert. Und er hat mir wieder Mut gemacht, meinen Traum zu leben. Ich konnte in den letzten Jahren, mein Studium wieder aufnehmen. Jetzt fehlt mir nur noch ein Jahr Assistent-Arzt. Dann kann ich promovieren." Sagte ich nicht ohne Stolz. Ohne Antwort darauf, zerrte mich Steven weiter. Vor den Kindergarten stoppte er seinen Lauf. „Matteo ist mein Sohn. Und das werde ich dir jetzt beweisen, Mrs. Webster- Mayer. Bereite dich auf einen Schock vor. So einen, wie ich ihn vorhin bekommen habe." Sagte Steven dunkel. Ich hielt den Mann zurück, bevor er die Tür zum Kindergarten öffnen konnte. Denn Steven musste gewarnt werden, dachte ich schwach. „Warte einen Moment. Ich muss dir etwas sagen. Matteo kommt mit anderen Kindern seines Alters nicht klar. Er ist etwas klüger als sie und lässt es sie spüren. Dann beginnt früher oder später eine Prügelei. Das ist unumgänglich. Warnte ich Steven Lankaster. Der Mann seufzte laut. „Das kommt mir unglaublich bekannt vor, Lilli Mayer. Behauptest du immer noch der Zwerg wäre von Barry?" Sagte er dann trocken und öffnete die schwere Tür, als ich nur schwieg.

Eine junge Frau kam zu uns gestürzt und schluckte schwer, als sie Matteo auf Stevens Arm entdeckte. „Professor Lankaster, ich habe keine Ahnung, wie Benjamin dieses Mal entkommen ist. Er saß vor fünf Minuten noch in der Bücherecke. Wie immer allein" Sagte die Frau entschuldigend und wollte Matteo auf dem Arm nehmen. Sofort schlug mein Sohn nach der fremden Frau und beschimpfte sie auf Französisch. Das war seine Lieblingssprache, das wusste ich. Steven hatte Mühe, Matteo festzuhalten. „Mein Sohn hasst es, wenn ihn Fremde anfassen wollen. Es wundert mich, dass er es bei dir zulässt." Sagte ich entschuldigend. Verwundert hob die junge Erzieherin ihren Kopf und betrachtete das Kind auf Stevens Arm genauer. „Ihr Sohn?" Fragte sie dann neugierig. Steven schob die Frau achtlos beiseite und ging weiter in den Raum. Dann stellte er Matteo auf den Boden. Alle anwesenden Kinder sahen meinen kleinen Sohn neugierig, aber auch ängstlich an. Fast war ich versucht, meinen kleinen Sohn beschützend aufzuheben. Doch wurde ich abgelenkt. Denn ein Kinderkopf sah um ein Bücheregal herum in dem großen Saal.

Mir stockte der Atem. Denn der Junge glich meinem Matteo wie ein Ei dem anderen. „Das ist mein Benjamin, Lilli Webster- Mayer. Und jetzt wiederhole deine Aussage, wer Matteos Erzeuger ist." Flüsterte mir Steven zu. Doch ich war viel zu verwirrt, um auf seine Worte zu reagieren. Stevens Sohn kam zögernd näher und blieb vor meinem Matteo stehen. Beide Kinder waren Zwillinge, keine Frage. Sie sahen genau gleich aus. Totenstille herrschte plötzlich im Raum. Jeder beobachtete die beiden Jungen. Matteo hob seine Hand und legte sie auf Benjamins Brust. „Ich habe dich überall gesucht." Sagte er dann auf

Französisch. Benjamin legte seine kleine Hand auf Matteos Brust und lächelte schmal. „Und ich habe lange auf dich gewartet." Sagte er ebenfalls auf Französisch. „Ich lese gerade ein Buch über die Wechselwirkung des Stroms. Willst du mir Gesellschaft leisten?" Fragte Benjamin und griff Matteos Hand. Beide Kinder verschwanden in der Bücherecke. Sprachlos sah ich meinem Sohn hinterher. Es war das erste Mal, das er sich mit einem anderen Kind anfreundete.

Steven fasste sich als erster. „Entweder haben sich Außerirdische ein vorwitziges Experiment erlaubt, oder du solltest deine Aussage über Matteos Vater revidieren, Lilli. Obwohl ich die Außerirdischen nicht ausschließen würde. Rita lebt zwar in Frankreich, aber ich wusste bis eben nicht, dass mein Sohn die Sprache beherrscht. Woher kann Matteo es?" Fragte er sarkastisch. Ich schloss meine Augen, um den Schock zu überwinden. Unfähig, etwas zu antworten. Steven Lankaster hatte mich bildschön vorgeführt, konnte ich nur denken. Meine Ausrede, dass Barry Matteos Vater war, hatte sich mit einem Schlag erledigt. „Wahnsinn! Das ist das erste Mal, Professor, dass ihr Sohn sich freiwillig mit einem anderen Kind unterhält." Wagte die Erzieherin einzuwerfen. „Ja, nicht wahr, Miss Spencer? Genau das stand heute Morgen in meinem Glückkeks. Suche Benjamins Klon und mache dein Kind glücklich. Haben sie keine Arbeit, die sie beansprucht? Warten nicht eine Menge Kinder auf ihre unkompetente Anwesenheit?" Fragte Steven jetzt ironisch. „Müssen sie nicht vollgeschissene Hosen wechseln oder dämliche Geschichten vorlesen?" Setzte er hinzu. Das reichte, dachte ich endlich und griff den großen Mann am Arm. „Ich gehe einen Kaffee trinken, Matteo! Du weißt, wo ich bin?" Rief ich um die Ecke. Mein kleiner Sohn saß mit seinem Ebenbild auf dem Boden und blätterte in einem Buch. „Im zweiten Stock. Dritter Gang, Cafeteria, ich weiß Bescheid." Rief Matteo zurück. Er hob seine Hände und bildete mit seinen Fingern ein Herz. Das war sein Ritual, mir seine Liebe zu zeigen. Das hatte er sich von Barry abgeschaut. Auch Barry hatte sich immer so von mir verabschiedet, dachte ich leicht traurig.

Mir wurde wieder warm ums Herz. „Wie niedlich, du verweichlichst unseren Sohn ja mächtig. Ist das die Folge davon, dass Matteo unter Frauen aufgewachsen ist? Dann bin ich froh, dass ich geschieden bin. Und Ben keinen Kontakt zu seiner Mutter hat." Sagte Steven wieder typisch und holte mich aus meinen Erinnerungen. „Dein Sohn muss ohne Mutter aufwachsen? Der arme Kerl. Dann wird er vielleicht ebenso ein narzisstisch veranlagtes Arschloch, wie du. Dann lieber verweichlicht von zu viel Liebe." Antwortete ich schlagfertig. Steven lief hochrot an. Die junge Erzieherin hatte meine Antwort gehört und kicherte amüsiert. Es war wohl das erste Mal, dass jemand dem bekannten Professor Lankaster Paroli bot, dachte ich verärgert. Eins hatte ich hier gemerkt. Jeder hier in der Klink fürchtete Steven und sein Mundwerk. Ob Arzt, Pfleger oder kaufmännischer Direktor, jeder fürchtete Stevens scharfen Bemerkungen.

Und ich wusste, meine Anwesenheit hier würde hohe Wellen schlagen. Ich, die Frau, die sich vom großen Professor Steven Lankaster nicht einschüchtern ließ. Ich griff Steven am Arm und schubste ihn aus der Tür. „Ich habe Kaffeedurst. Und du solltest noch wissen, was das bei mir bedeutet." Sagte ich streng. Steven grinste jetzt und erinnerte mich an den Mann, den ich in Afghanistan kennengelernt hatte. „Sehr gut. Ich erinnere mich an die drei Tage, die wir unter Beschuss lagen und es keinen Kaffee gab. Du warst kurz vor dem Harakiri. Wir alle hatten furchtbare Angst vor dir." Sagte er dann lächelnd. Das Gesicht der Erzieherin war einmalig. So, als habe sie Steven noch nie lächeln gesehen.

4 Kapitel

„Du und Barry also. Ich habe mich oft gefragt, was aus euch beiden wurde. Keiner von euch hat auf meinen letzten Brief geantwortet. Ich habe lange auf eine Nachricht gewartet." Sagte Steven und unterbrach damit die Stille, die entstanden war, während wir auf unseren Kaffee warteten. Ich malte, untypisch für mich, abstrakte Muster auf die weiße Tischdecke. „Was gab es darauf zu antworten? Du schriebst, dass du dich mit Rita versöhnt hättest und Vater wirst. Ich war im fünften Monat ebenfalls schwanger von dir. Sollte dir das etwa schreiben? Barry kümmerte sich während dieser Zeit aufopfernd um mich. Wir verliebten uns, dass blieb nicht aus. Er war ein guter Vater für Matteo." Erklärte ich sehr langsam und bedächtig. Ich wollte, dass der Mann vor mir, meine Worte richtig verstand und nicht wieder ins Sarkastische zog. Das hätte ich nicht ertragen. Niemand machte sich über Barry lustig, schwor ich mir. Meine Botschaft schien angekommen zu sein, denn Steven schwieg einen Moment. „Das erklärt immer noch nicht, warum dein Klon Matteo heißt, oder perfekt Französisch spricht. Wie konntest du ihn nach unserer Lieblingskneipe benennen," Sagte er dann finster. Das schien Steven mächtig zu ärgern, dachte ich leicht amüsiert. Ich holte tief Luft, denn das wurde eine längere Geschichte. „Unser Lager wurde überfallen, Steven. Barry war mit seinen Soldaten zu einem Notfall gerufen worden. Einen Notfall, den es nie gab. Es war eine Falle. Die Abtrünnigen fegten durch das schlecht bewachte Lager und metzelten alles nieder, was sich bewegte. Matteo, der Kneipenwirt, versteckte mich in seinem geheimen Weinkeller, du erinnerst daran? Ich war damals bereits im siebten Monat und unfähig, etwas zu tun. Matteo versteckte mich, trotz Folter verriet er mich nicht. Barry fand den Mann auf der Suche nach mir. Matteo war übel zugerichtet worden. Barry versprach ihm, unseren Jungen nach ihm zu benennen. Drei Tage später starb Matteo an den Folgen der Folter. Der Mann hat mir das Leben gerettet, das Mindeste, was ich tun konnte, war, Barrys Versprechen einzulösen." Erzählte ich heiser und unterdrückte meine Tränen. „Matteo ist mein Sohn." Warf Steven sarkastisch ein. Das war alles, was ihm zu meiner Geschichte einfiel. Ich spürte, wie der große Mann mit seinen Emotionen kämpfte. Er hatte den alten Matteo gut gekannt damals. Doch er verzog keine Miene. So kannte ich Steven Lankaster. „Nach Barrys Entlassung aus Afghanistan, wurde er für zwei Jahre nach Paris versetzt. Das erklärt, warum Matteo die Sprache spricht. Mein Sohn ist zweisprachig aufgewachsen. Er lernt unglaublich schnell." Erklärte ich weiter. Steven nickte verstehend.

„Das ist bei Benjamin nicht anders. Er ist wesentlich weiter als seine Altersgenossen. Und das lässt er sie leider auch spüren. Er ist oft genervt von anderen Kindern und schleicht sich aus dem Kindergarten." Sagte jetzt Steven schief grinsend.

„Sie! Sie haben meinen Neffen entführt!" Hörte ich plötzlich die helle Stimme meiner kleinen Schwester Gaby rufen. „Leugnen sie es nicht! Sie der Schurke! Ich zeige sie an, wegen Kindesentführung!" Schrie meine temperamentvolle Schwester durch das kleine Café. Steven hob gelangweilt seinen Kopf und betrachtete Gaby eingehend. „Der Hungerhaken ist deine Schwester? Wie kann das angehen? Wurdest du bei Tag und sie in der Nacht gezeugt? Ihr habt keinerlei Ähnlichkeit. Vom Altersunterschied abgesehen." Sagte er dann finster und wappnete sich gegen meine Schwester. Gaby kam zu uns und ließ sich ungefragt auf einen leeren Stuhl fallen. „Das ganze Krankenhaus habe ich abgesucht. Dann die

Ärzte alarmiert. Wir alle haben gesucht. Bis jemand sagte, dass sie mit Matteo verschwunden sind. Was wollen sie mit meinem Neffen? Sind ihnen die Laborratten ausgegangen und sind deshalb auf wehrlose Kinder umgestiegen? Nicht einmal in Ruhe auf Klo gehen kann man mehr." Schimpfte Gaby los. Zum ersten Mal erwiderte Steven nichts darauf. Ich musste ein Grinsen unterdrücken. Das wäre jetzt fatal.

„Das Mundwerk ist eine Waffe, Lady. Damit beeindrucken sie keinen der jungen, Libido gesteuerten Ärzte hier. „Ich habe Matteo vor einen Bein oder Armbruch gerettet und dann lange auf sie gewartet. Doch sie haben lieber geflirtet, statt ihren Job zu machen. Kinder, wie Matteo oder Ben, brauchen ständige Überwachung. Sie haben den Jungen über zehn Minuten allein gelassen!" Schnauzte Steven dann los. Meine Schwester lief schuldbewusst rot an und senkte ihren Kopf. Endlich konnte ich auch etwas sagen. „Steven? Das ist meine Halbschwester Gabriela, kurz Gaby genannt. Gaby? Das ist Professor Steven Lankaster. Ein

alter bekannter aus meinem Einsatz damals."
Stellte ich die Streithähne vor. Beide schwiegen
sich jetzt aus. „Wo ist Matteo jetzt eigentlich?"
Fragte Gaby dann leise. „Und bedeutet es, dass
du den Job hier hast? Dass würde Mama freuen,
das weißt du. Dann könnt ihr beiden, du und
Matteo bei uns in der Nähe wohnen." Fragte
Gaby dann neugierig.

„Nein, das mit dem Job hat leider nicht geklappt.
Ich werde wohl den in Harrisburg annehmen."
Log ich jetzt und verhinderte in letzter Sekunde,
dass ich rot anlief. Um keinen Preis würde ich im
gleichen Krankenhaus wie Steven Lankaster
arbeiten, schwor ich mir. Steven verzog wütend
sein Gesicht. „Harrisburg? Das kommt nicht in
Frage, Lilli. Du hast den Job doch nur wegen mir
abgelehnt. Ich weiß nämlich, dass der
kaufmännische Direktor dich einstellen wollte.
Deine Laufbahn war die beeindruckendste, von
allen Bewerbern. Und es waren eine Menge."
Schimpfte Steven jetzt los. Dann wandte er sich
an Gaby und setzte sein charmantestes Lächeln
auf. Sofort schmolz meine naive Schwester dahin,

wie Butter in der Sonne. „Holen sie bitte Matteo und meinen Sohn Benjamin aus dem Hort? Ich habe gleich Feierabend. Und ich werde ihre Schwester einladen. Lilli und Matteo werden mich begleiten. Wir haben eine Menge zu besprechen." Bestimmte Steven dann so freundlich, dass ich glaubte, mich verhört zu haben. Ich fuhr mir müde über die Augen. Die letzten Wochen hatten es in sich.

„Gerne, Professor. Rufen sie dort an, um mich anzumelden? Wie erkenne ich ihren Sohn?" Fragte meine Schwester jetzt und erhob sich. Steven grinste breit und winkte einem Pfleger zu uns. „Der junge Mann wird sie begleiten, Gaby. Er wird es mit der Erzieherin klären. Und sie werden Benjamin gleich erkennen, da bin ich mir sicher." Sagte er ironisch. Der Pfleger lief rot an. „Ich habe einen anderen Auftrag, Professor Lankaster." Wagte der junge Mann zu sagen. „Jetzt nicht mehr. Jetzt begleiten sie Miss Gaby zum Kindergarten. Ist das klar?" Sagte Steven nur und wandte sich jetzt zu mir. Vergessen war der Pfleger. So war der Mann, erinnerte ich mich verstimmt. Entschlossen erhob ich mich. „Tun sie das, was ihnen vorher aufgetragen wurde, Pfleger Marc." Las ich das kleine Namensschild und lächelte, als der junge Mann Steven unsicher ansah. „Meine Schwester wird sich durchfragen. Professor Lankaster wird den Hort telefonisch informieren. Das bekommt er gerade noch hin. Sie haben etwas Wichtigeres zu tun, denke ich." Sagte ich streng. Mit offenem Mund starrte mich der Pfleger an. Steven zu widersprechen, hatte anscheinend noch niemand hier gewagt.

„Mund zu ‚Marc. Sie sind kein Goldfisch, der nach Futter schnappt. Obwohl ihr Kurzzeitgedächtnis dafür spricht. Verschwinden sie und versauen unsere Patienten. Ich werde telefonieren" Schnauzte Steven den jungen Mann an. Wütend griff er nach seinem Telefon. Meine Schwester zuckte mit den Schultern und machte sich auf den Weg. Ich wusste, sie war nicht auf dem Mund gefallen und würde sich durchfragen. Das gab mir etwas mehr Zeit, mit dem grummelnden Steven zu reden

„Du untergräbst hier gleich an deinem ersten Tag meine Autorität, Lilli. Wie damals in Afghanistan. Nichts hat sich geändert." Sagte Steven mürrisch und trank seinen kalt gewordenen Kaffee. Schmunzelnd sah ich dem Mann dabei zu. „Doch, wir haben uns geändert, Steven. Du hast deine große liebe Rita geheiratet. Ich deinen Freund Barry. Es hat sich eine Menge geändert. Wir beide tragen jetzt Verantwortung für Kinder. Wir können nicht mehr frei entscheiden. Die Kinder stehen an erster Stelle." Erklärte ich leise. Es wurden schon genug Ohren gespitzt, dachte ich und schaute in neugierige Gesichter. Die Cafeteria hatte sich schnell gefüllt, wunderte ich mich. Fast alle Tische waren belegt.

„Das mit Rita habe ich versucht, dir in einem Brief zu erklären. Du hast ihn nie gelesen. Barry hat ihn mir ungelesen zurückgesendet. Wie alle anderen Briefe. Es ist kompliziert und ich bin bereits seit vier Jahren geschieden. Rita lebt mit ihrem neuen Freund in Frankreich." Verteidigte sich Steven ungehalten. Der Mann mochte nicht, wenn man Kritik äußerte, erinnerte ich mich still. „Und Barry ist tot. Ich kann ihn nicht mehr fragen, warum er mir deinen Brief nie aushändigte. Wahrscheinlich wollte er mich beschützen. Wer weiß es? Trotzdem treffen wir nach all den Jahren aufeinander. Ist es Zufall oder Schicksal? Ich weiß noch, dass du nicht an Zufälle glaubst. Ich hätte mich nie hier beworben, hätte ich gewusst, dass du hier arbeitest." Sagte ich jetzt bitter. Steven grunzte verstimmt. „Du hättest mir also meinen Sohn nie vorgestellt? Ist das dein Ernst? Ben hätte nie seinen Bruder kennengelernt?" Grollte er dann wütend. Auch, wenn er es zu unterdrücken versuchte. Das kannte ich noch von früher. Aus dem improvisierten OP-Räumen, wenn der Strom oder die Geräte ausfielen. Wenn seine Wutausbrüche Steven auch nicht weiterbrachten und er sich zusammenreißen musste. So, wie hier. Im vollbesetzten Raum. Kein einziger Stuhl war mehr frei. Und alle waren nur wegen uns beiden hier. Niemand wollte etwas verpassen, auch wenn sie alle uninteressiert taten. „Na, du scheinst ja richtig beliebt zu sein, wenn ich das hier so sehe." Sagte ich amüsiert. Sofort senkten sich viele Köpfe und taten beschäftigt. Steven grunzte leise. Kein gutes Zeichen. „Eher berüchtigt, aber das kennst du ja." Sagte er dann grantig und sah sich finster in der Cafeteria um. „Haben wir jetzt auf Selbstheilung und auf Patienten-Selbstverwaltung umgestellt? Oder warum arbeitet niemand hier? Ich sehe sechs Ärzte hier, die Patienten haben! Und auf den Rest hier warten bestimmt eine Menge Bettpfannen! Jeder, der hier nichts verloren hat, verschwindet. Oder ich finde eine Arbeit für sie!" Donnerte Steven jetzt los. Sofort ging eiliges Treiben los. Stühle und Tische wurden gerückt und der Saal leerte sich zusehends. Breit grinsend lehnte sich Steven zurück.

„Ja, du bist immer noch so einschüchternd wie früher. Du hast dich keinen Deut geändert, Steven Lankaster. Ich erinnere mich noch gut an deine armen Kollegen in Afghanistan." Sagte ich leise. „Aber nach deiner Abreise war das Lager nie wieder dasselbe. Keiner, der dort für Unterhaltung sorgte." Setzte ich Gedankenverloren hinzu. Steven griff nach meiner Hand und drückte meine Finger. „Und doch bist du Ärztin geworden. Ich bin nicht überrascht, dass du meinen Vorschlag damals ernst genommen hast. Dir liegt die Medizin." Sagte er ebenso leise. „Komm mit zu mir nachhause, Lilli. Wir haben eine Menge zu besprechen. Matteo ist mein Sohn. Auch, wenn ich so cool tue. Ich bin immer noch verwirrt. Plötzlich gibt es zwei von Bens Sorte." Sagte er dann verführerisch. Ich kannte diesen Ton, den Steven immer anwandte, wenn etwas wollte. Der Mann konnte gefährlich charmant werden, dachte ich unsicher.

„Ich wusste nicht, dass Matteo einen Zwillingsbruder hat, Lilli. Das wird Mama aus den Schuhen hauen. Ich habe mich ziemlich erschreckt eben,." Sagte jetzt meine Schwester Gaby aufgeregt. Sie kam mit beiden Kindern an der Hand zu uns.

5 Kapitel

Endlich schliefen Benjamin und Matteo. Es war unmöglich gewesen, beide Kinder zu trennen.

Eigentlich hatte ich Stevens Angebot, ihm zu begleiten, abgelehnt. Es war alles gesagt worden, dachte ich. Und er hatte mehr aus meinem Leben erfahren als es nötig war. Ich wollte das Jobangebot im Klinikum so gerne haben. Meine Familie wohnte hier und konnte sich um Matteo kümmern, wenn ich arbeiten musste. Immerhin waren die Schichten im Krankenhaus lang und schwer. Oft kam es zu Doppelschichten. Dann war es gut, wenn mein Sohn bei seiner Oma schlief. Das war alles durchgesprochen und geplant gewesen. Diese Anstellung wäre ideal gewesen. Keine Frage.

Doch ich konnte unter keinen Umständen mit Steven arbeiten. Das ging auf Dauer nicht gut. Dazu schlug mein Herz immer noch einen Takt zu schnell, war der Mann in meiner Nähe. Etwas, dass er nie erfahren durfte.

Jetzt hielt mir Steven ein Glass Wein entgegen. „Dann war unsere erste und einzige Nacht damals also von Erfolg gekrönt gewesen. Wann wurde Matteo geboren? Wann hat mein Sohn Geburtstag?" Fragte Steven und riss mich aus meinen Gedanken. Ich nahm das Glas und drehte es nervös in den Händen. In Anbetracht der Tatsache, dass du uns beide mehr der weniger hierher entführt hast, ist das deine erste Frage? Gibt es da nicht wichtigere?" Fragte ich dann schmunzelnd und erinnerte mich an das Drama, als sich die beiden Jungen verabschieden sollten. Geschrei und Tränen waren die Folge. Bis Steven Matteo ungefragt in seinen Wagen zu Benjamin setzte und genervt losfuhr. Mir blieb nichts anderes übrig, als dem Mann zu seiner großen Villa zu folgen.

„Wir wurden besiegt. Von zwei kleinen Kindern besiegt. Was hätte ich denn tun sollen. Ben hätte die Nacht durchgeschrien. Und Matteo ebenso. Die beiden haben sich wirklich gesucht und gefunden. Die trennen wir nicht mehr, denke ich." Sagte Steven halb entschuldigend. Seufzend gab ich ihm recht. „Das erklärst aber du meiner Mutter. Sie war mehr als besorgt, als meine Schwester allein Heimkam. Sie rief mich an und fragte allen Ernstes, ob wir Drogenproben verteilen würden im Krankenhaus. Gabys

Geschichte über Matteos Klon wollte sie nicht glauben. Wenn ich morgen früh nicht zuhause bin, mit Matteo, benachrichtigt sie die Polizei. Das ist kein Scherz. Mein Stiefvater ist dort Vizechef. Er hat das Revier unter sich." Erklärte ich dann breit grinsend. Steven schwieg einen Moment. Dann lächelte er. Ein Lächeln, das mich schon damals verwirrt hatte, dachte ich still. „Du hast eine interessante Familie, Lilli Mayer, entschuldige Webster. Daran muss ich mich erst noch gewöhnen. Barry passte bestimmt gut dort rein. Er war ja immer so freundlich. Anders als ich." Sagte er dann nachdenklich. Ich wusste, dass Steven das Gespräch auf Barry bringen würde, ich hatte mich darauf vorbereitet. „Nachdem du verschwunden bist, damals und ich feststellte, dass ich schwanger war, kümmerte sich Barry aufopfernd um mich. Ich verliebte mich in seine Fürsorge und seinen Schutz, Steven. Barry war mir ein guter Ehemann und Matteo ein guter Vater. Barry ermöglichte mir, mein Studium zu beenden. Im letzten Jahr, ich war als Assistenzarzt in der Notaufnahme, als man Barry einlieferte. Verkehrsunfall auf dem Weg zum Kindergarten,

Matteo abholen. Ein Lkw-Fahrer hatte die Kontrolle über sein Fahrzeug verloren und Barry frontal erwischt. Barry starb auf dem OP-Tisch. Ich packte mein Kind ein und zog zu meiner Mutter. Sie lebt mit ihrem zweiten Mann und meiner Halbschwester hier. Ich wusste nicht, dass du hier ebenfalls wohnst. Ich hätte mich sonst nie beworben, das musst du mir glauben. Ich dachte immer, dass du glücklich mit deiner großen Liebe bist. Ich komme gut allein zurecht." Endete ich meine Geschichte. Ich setzte mich auf und starrte in die Flammen des großen Kamins. Jetzt war Steven dran zu erzählen, dachte ich und reichte dem Mann mein leeres Glas.

„Ich habe damals mehr für dich empfunden als pure Lust. Schon am Flugzeug damals wollte ich umdrehen und zu dir zurückkehren. Doch dazu war dann zu feige und flog Heim. Ich wusste, dass ich einen Fehler gemacht hatte. Du warst in mich verliebt damals und ich habe es ausgenutzt." Sagte er gnadenlos ehrlich. So war Steven, erinnerte ich mich, und lief rot an. „Ich flog also Heim. Mein Vater war erkrankt und nahm meinen

Platz in der Privatklinik meiner Eltern wieder ein. Es war, als sei ich nie weggewesen. Eines Tages kam Rita, als Patientin zu mir in meine Sprechstunde. Sie berichtete mir, wie schrecklich ihre Ehe mit dem wesentlich älteren Mann sei und wie einsam sie war. Nenn es verletzten Männerstolz oder auf Begierde. Ich begann eine Affäre mit ihr. Es kam, wie es kommen musste. Ritas Mann war nicht dumm und kam schnell dahinter. Er ließ sich scheiden und Rita war mittellos. Dann stand sie vier Monate später vor meiner Tür, eindeutig schwanger. Sie behauptete, dass es mein Kind sei. Ich verlangte einen DNA-Test und nachdem klar war, dass es wirklich mein Kind werden würde, heiratete ich Rita. Damit das Kind meinen Namen bekam. Ich bin seit fast vier Jahren geschieden und lebe seitdem mit Ben allein. Ich bin mit meinen Sohn weit von der Familie und dem Skandal gezogen und hier gelandet. Von Rita höre ich nur, wenn ihr wieder mal das Geld ausgeht. Dann droht sie mir, Ben wegzunehmen. Mit Presse und Gericht, das ganze Theater. Sie weiß, dass ich das hasse. Es schadet meinen exzellenten Ruf. Ich zahle und sie

verschwindet wieder. So geht es seit drei Jahren."
Erzählte Steven bitter die Lippen zusammenkneifend. „Jetzt verstehe ich Barry. Er sagte mir, dass wir dich in Ruhe lassen sollten. Dass du Matteo noch früh genug kennenlernst. Er wusste also darüber Bescheid." Murmelte ich verstimmt. Mein Mann hätte mit mir darüber sprechen können, dachte ich traurig. Doch Barry hatte mir eine Menge verschwiegen. Das war mir nach seinem Tod klar geworden. Bitter klar geworden. Zeit, das Thema zu wechseln, dachte ich entschlossen. „Matteo wurde am neunzehnten Juli geboren. Wir haben es gerade noch nach Kabul ins Krankenhaus geschafft. Warum willst du das wissen?" änderte ich das brisante Thema. Mein Blick ging zur Uhr. Gleich würde ich meinen Sohn wecken müssen und Heim fahren. Ich würde auf keinen Fall hier übernachten.

„Weil Matteo damit einen Monat älter als Ben ist. Und das uns allen den Arsch rettet, wenn du mir diese Bemerkung gestattest." Erklärte Steven kratzig. „Ich muss da weiter ausholen. Mein Vater besitzt eine große Privatklinik. Ich bin sein einziger Sohn, eigentlich sein Erbe. Mein Vater verlangte, dass ich in die Plastische Medizin gehen sollte. Ich weigerte mich. Die Jahre in Afghanistan waren so eine Art Trotzreaktion meinerseits. Auch, wenn sie mich erwachsen machten. Und ich rausfand, was ich wirklich wollte- Unfallchirurgie. Unfallopfern helfen, statt Falten weg Spriten oder Fett absaugen. Das passte meinen Vater nicht, wie du dir denken kannst. Es kam zum Streit. Um es kurz machen, mein Vater bestimmte meinen Erstgeborenen zu seinem Erben. Er überging mich damit. Es stört mich nicht. Ich bin reich genug. Doch Rita hat diese Tatsache ausgenutzt, um mich zu erpressen. Sie droht mir jedes Mal, wenn sie wieder pleite ist, mir Ben wegzunehmen. Sie liebt ihn nicht, hatte nie   Interesse an ihm. Doch, hat sie ihn, fließen die Überschüsse aus dem Krankenhaus in ihre Tasche. Ich liebe meinen Sohn sehr. Leider habe ich nie genug Zeit für Ben. Oft arbeite ich sieben Tage am Stück. Das weiß Rita und nutzt es für ihre Drohungen." Sagte Steven, für seine Verhältnisse ruhig und gelassen.

„Ich verstehe. Jetzt ist Matteo der Erstgeborene und du musst dich mit mir, statt mit dieser Rita auseinandersetzen." Sagte ich seufzend. Denn ich verstand Steven. Niemand ließ sich gerne erpressen. Und der Mann wurde lange genug erpresst. „Ich will weder dein Geld, noch das deines Vaters, Steven. Ich habe nur zwei Bedingungen." Setzte ich hinzu und sah, wie Stevens Kopf hochschoss. „Willst du mich auch erpressen?" Fragte er kratzend. Beruhigend schüttelte ich meinen Lockenkopf. „Ich brauche die Anstellung als Assistenzarzt wirklich, Steven Lankaster. Mir fehlt noch ein Jahr und einige Operationen für den Fachharzt. Wenn ich den Job also annehme, möchte ich, dass du mich in Ruhe lässt. Ich eine Ärztin, wie jede andere. Keine Bevorzugungen deinerseits." Erklärte ich drohend. Endlich entspannte sich Stevens Gesicht wieder und ein dämonisches Glitzern trat in seine Augen. Doch er schweig zu meinen Worten. „Zweitens, ich möchte dabei sein, wenn du Rita die Neuigkeit unter die Nase reibst. Das habe ich nach damals verdient." Sagte ich bestimmt und sah, wie Steven seine Finger zum Schwur hob.

„Ich war damals richtig fertig, als ihre Nachricht kam. Mein Stolz war verletzt. Zuvor hatte noch nie eine Frau mit mir Schluss gemacht. Das hat echt wehgetan." Gestand er jetzt breit grinsend. Wie herbeigerufen, klingelte jetzt sein Telefon. „Wer sag es denn. Darauf warte ich, seit ich mit Matteo in Direktor Trallers Büro gekommen bin. Es hat sich also rumgesprochen." Sagte Steven jetzt kalt lächelnd. „Rita, meine Liebe. Was willst du diesmal? Doch bestimmt kein Geld. Damit ist Schluss." Sagte er dann überfreundlich. Er drückte sein Telefon auf Lautsprecher, damit ich alles hören konnte.

„Man erzählt sich, dass du jetzt noch einen Sohn hast! Einen unehelichen Bastard. Der Bengel soll wie unser Ben aussehen! Ist das ein neuer Trick von dir? Um dich vor den Zahlungen zu drücken? Ich warne dich, Steven Lankaster. Unser Benjamin ist ehelich und hat damit mehr Rechte als so ein Bastard. Ich gehe damit zu deinem Vater!" Schrie eine wütende Frauenstimme durch den kleinen Apparat auf dem Tisch. Steven sah mich seufzend an. „Solche Drohungen höre ich ständig." Sagte er dann leise zu mir. „Bist du fertig, Rita? Dann lass dir gesagt sein, dass dein Spiel endet! Du kannst mir nicht mehr drohen. Ja, ich habe einen weiteren Sohn. Unser Ben hat einen Bruder. Matteo ist älter als Ben, und damit gehört ihm das Lankaster-Vermögen. Unter diesen Voraussetzungen willst du Ben doch nicht, oder? Ohne Geld, nützt er dir nichts. Geh und versuche, dich bei meinem Vater auszuweinen. Der alte Herr ist mittlerweile auch klüger geworden und hat deine Spielchen durchschaut. Hat ja lange genug gedauert. Vater wird Matteo lieben, so wie er Ben liebt. Da bin ich mir sicher. Jetzt hat Vater zwei potenzielle Erben für seine Klinik. Und Matteos Mutter ist Ärztin, gute Voraussetzungen, oder?" Sagte Steven finster und grollend.

„Er ist kein Lankaster! Darauf legt dein Vater doch so viel Wert! Das wird er nie verzeihen. Deswegen zwang er dich doch damals zur Ehe mit mir. Erinnere dich, mein Lieber." Trumpfte Rita auf. Ich hörte Steven dunkel lachen. „Matteo wird ein Lankaster werden. Verlass dich drauf, Rita. Du siehst keinen Cent mehr von mir." Sagte er dann siegessicher.

Ich hatte bereits meine Schuhe an und versuchte, den zweiten Ärmel meiner Jacke zu finden. So hatte ich mir das Gespräch nicht vorgestellt. Es drehte sich allein um Geld. Und was sollte es heißen. Matteo sollte ein Lankaster werden. Das würde ich nicht zulassen, schwor ich mir. Weder mein kleiner Sohn, noch ich, würden sich in dieses schmutzige Spiel ziehen lassen. Verständnislos sah Steven mir zu. „ Ich gehe, Professor Lankaster. Es war ein Fehler, herzukommen und zu glauben, ich könnte ein vernünftiges Gespräch mit dir führen." Sagte ich wütend. Steven half mir geduldig in meine Jacke. „Du hast recht, der Abend war lange genug. Und zum Bleiben ist es zu früh für dich. Ich hole dir Matteo. Entschuldige den harten Ton am Telefon. Lass es uns alles einen anderen Tag besprechen. Versprich mir nur, dass du die Anstellung annimmst. Du bist eine klasse Ärztin. Das weiß ich seit Afghanistan." Sagte er dunkel und wartete, bis ich zustimmend nickte. „Wenn du dich an unsere Abmachung hältst." War meine Antwort. Steven sah mir nach, als ich durch das große Tor seiner Villa fuhr. Sein ernstes, nachdenkliches Gesicht verfolgte mich auf meinem Heimweg. Hinter mir, sicher in seinem Kindersitz, schlief unser gemeinsamer Sohn.

6 Kapitel

Das Duschwasser war gerade warm geworden, erleichtert stieg ich drunter und seufzte zufrieden. Das war ein anstrengender, erster Tag gewesen. Mein neuer Ausbilder, Doktor Markus Miller, hatte mich den ganzen Tag herum gescheucht. Auch, wenn er nett war, so hatte er mich heute auf die Probe gestellt. Dann hatte sich laufend Steven eingemischt und mich geärgert. Keine Minute hatte er mich mit Doktor Miller allein gelassen. Immer hatte Steven in irgendeiner Ecke gestanden.

Ich fluchte, als es lang anhaltend an meiner Haustür klingelte. Wer würde jetzt noch stören? Das fiel mir nur einer ein, dachte ich verstimmt.

Der Mann, der mich heute, an meinem ersten Tag als Assistenzärztin, zur Weißglut getrieben hatte. Endlich war Matteo eingeschlafen. Voller Wut und Bock, weil er den Tag nicht mit seinem neuen, besten Freund Ben verbringen durfte. Doch ich musste arbeiten und mein Sohn musste zu seiner Großmutter. Bis in dem Krankenhaus-Hort ein Platz frei wurde. Dann wurde es einfacher für mich. Doch bis dahin musste ich einen langen Umweg in Kauf nehmen. Und einen schlechtgelaunten Matteo. Wieder wurde geklingelt. Genervt riss ich die Haustür auf. „Was willst du denn hier" Fauchte ich Steven wütend an. Der Mann trug seinen müden Sohn durch meine Wohnung, bis er das Kinderzimmer gefunden hatte. Dort legte Ben zu Mateo ins Bett. Beide Kinder seufzten zufrieden und umarmten sich glücklich. Dann schliefen sie. Steven kam zu mir ins Wohnzimmer und setzte sich ungefragt auf das altersschwache Sofa, eine Gabe meiner Mutter. „Kaffee oder etwas stärkeres?" Fragte ich den gähnenden Mann ironisch. „Etwas Stärkeres wäre gut. Ben hat mich fertig gemacht. Den ganzen Abend hat er geweint und nach Matteo gefragt. Die beiden Jungen gehören zusammen. Das musst du spüren. Sag mir nicht, dass es dir mit Matteo anders ergangen ist." Sagte er dann kratzig. Stumm konnte ich nur nicken. Ich reichte Steven ein Glas und schloss nervös meinen Bademantel. „Ich wiederhole. Was willst du hier, Steven. Ich wollte gerade Duschen, falls du es nicht bemerkt haben solltest." Sagte ich böse. Ich war müde und erschöpft. Matteo hatte mir heute den Rest gegeben, dachte ich finster.

„Die Jungen spüren, dass sie Brüder sind, Lilli. Ben war heute außer sich als Matteo nicht im Hort erschien. Die Erzieherin musste mich fünfmal ausrufen lassen. Erst als Ben versprach, Matteo abends zu suchen, beruhigte er sich etwas." Steven seufzte laut. Ich zerrte den Stoff des Bademantels enger um mich. Sein intensiver Blick machte mich verlegen. „Wir können die beiden nicht mehr trennen, Lilli. Wir müssen uns etwas einfallen lassen. Ben ist wie ausgewechselt, seit er Matteo kennt. Er spricht endlich mit anderen Kindern." Sagte Steven weiter als ich schwieg. „Es ist doch merkwürdig, wie ähnlich die beiden sich sind, oder? Matteo kann mit anderen Kindern nichts anfangen. Deswegen konnte ich ihn bislang in keinen Kindergarten geben. Mit Ben habe ich meinen Jungen das erste Mal ausgelassen erlebt. Barry vermutete bereits eine psychische Störung bei Matteo. So eine Art Autismus." Erzählte ich sockend. Ich wollte nicht an Barry erinnert werden. Es schmerzte immer noch etwas. Steven füllte sein Glas nach. Das war nicht gut. Es deutete sich an, dass der Mann heute nicht mehr Heim fahren wollte. Doch ich schwieg dazu. Nervös gespannt, was passieren würde. „Wie war dein Leben mit Barry? Ich habe mit Barry ab und zu telefoniert. Er hat dich und Matteo mit keinem Wort erwähnt. Jetzt weiß ich auch warum." Sagte Steven etwas ärgerlich. Ich lächelte leise, denn ich kannte die Antwort. „Barry liebte mich und Matteo sehr. Er befürchtete, wenn du von uns erfährst, seine kleine, heile Welt zerbricht. Das du einfliegst und alles zerstörst. Barry wusste, was ich damals für dich empfunden habe. Auch wenn ich Barry geliebt habe, so es nicht zu vergleichen. Wir haben eine gute Ehe geführt, mehr aber auch nicht. Keine Höhen oder Tiefen." Erklärte ich ehrlich. Ich erinnerte mich an unsere leidenschaftliche Nacht, damals im der kleinen Hütte. So etwas hatte ich mit Barry nie erlebt, musste ich zugeben. Mit Barry war der Sex angenehm, aber ohne Höhepunkte gewesen, dachte ich jetzt rotwerdend. Steven nickte verstehend. Er hob seine Hand und griff nach mir. „Ich erinnere mich sehr gut, wie leidenschaftlich du damals auf mich reagiert hast. Es war fantastisch. Nie habe ich etwas ähnliches erlebt. Deswegen habe ich Ben heute hergebracht. Ich musste mich davon überzeugen, dass diese Anziehungskraft zwischen uns noch besteht. Seit ich Matteo in der Halle entdeckte, kann ich an nichts anderes mehr denken." Flüsterte er heiser. Er hielt meinen Kopf fest, als ich mich wehren wollte und küsste mich wild. Ganz anders als Barry mich je geküsst hatte, konnte ich noch denken, dann verabschiedete sich mein Verstand. Ich ließ zu, dass Steven mich in mein Schlafzimmer trug. „Das ist sowas von falsch. Dass ist dir doch wohl klar, Steven Lankaster. Wir arbeiten zusammen. Wie soll das werden?"

Gelang mir einzuwerfen als er mir den Bademantel abstreifte und seine heißen Lippen meinen Körper erforschten. Mein Widerstand war lange gebrochen und willig ließ ich es zu. „Wir beide dürfen nur nie irgendwo allein sein. Dafür müssen wir sorgen. Sonst endet es so wie jetzt." Flüsterte Steven erstickt und suchte meinen Blick. „Sag ein Wort und ich höre auf. Dann gehe ich einfach." Sagte er erstickt. So wie damals bei unserer ersten Nacht erinnerte ich mich. Und ebenso wie damals, hob ich stumm meine Arme und zog Steven zu mir ins Bett.

Leise Kinderstimmen aus dem Kinderzimmer weckten mich früh am Morgen. Verlegen wand ich mich aus Stevens Armen. Der Mann schnarchte leise weiter. Er schien nie viel Schlaf zu bekommen, dachte ich schmunzelnd. Doch dann wurde schlagartig ernst. Was machte ich hier eigentlich. Ich hatte wieder mit dem Mann geschlafen, von dem ich mich doch eigentlich fernhalten wollte. Steven übte immer noch so eine große Anziehungskraft wie damals auf mich aus, das war nicht gut. Entschlossen rüttelte ich den fest schlafenden Mann wach. Unwirsch grummelte er und versuchte, sich wegzudrehen. Doch ich war unerbittlich. „Los, aufstehen. Unser Dienst beginnt bald. Ben kann ja Sachen von Matteo anziehen. Doch du siehst in meinen Kleidern doof aus." Sagte ich wütend. Wütend auf den Mann in meinem Bett und besonders wütend auf mich. Das ich das alles zugelassen hatte. Betont langsam erhob sich Steven und präsentierte sich in seiner ganzen Pracht vor mir. Ich drehte mich leicht rotwerdend ab. Er bemerkte es lächelnd. Stumm wies ich auf das Badezimmer, das von meinem Schlafzimmer abging. Steven griff sich seine Sachen. „Ich werde mich in der Klinik umziehen. Dort habe ich Wechselsachen. Ich habe zu krumme Beine für ein Kleid." Sagte ironisch. Zwei Minuten später hörte ich die Dusche laufen. Zeit, sich um die Jungen zu kümmern.

Ich hielt meinen Wagen vor dem Krankennhaus und atmete tief durch. Es hatte heute Morgen wieder eine Menge Ärger gegeben, als wir die Kinder trennen mussten. Doch Matteo musste zu seiner Oma und Ben in den Hort. Beide Jungen schimpften und bockten. Doch es ließ sich nicht ändern. Erst als Steven versprach, dafür zu sorgen, dass Matteo schnell einen Platz im Hort bekam, kehrte Ruhe ein.

Steven erwartete mich bereits auf dem Parkplatz und beäugte kritisch meine Einparkkünste. Schweigend nahm er meine große Tasche von der Rückbank. Ich wartete und holte tief Luft. „Das war heute Nacht eine einmalige Sache, Steven Lankaster. Damit du Bescheid weißt. Es wird keine weitere Nacht geben. Du bist kein Mann für mich. Das warst du nie und wirst es nie werden." Sagte ich dann entschlossen, einen glatten Strich unter die ganze Sache zu ziehen. Steven nickte ernst. Er hatte sich also auch seine Gedanken gemacht, dachte ich erleichtert. Er seufzte jetzt als Markus Miller winkend auf uns zukam. Mein Ausbilder schien bereits auf mich gewartet zu haben. Denn sein breites Lächeln verriet den Mann. Stevens Mine verfinsterte sich sofort und er hielt mich zurück. „Sieh dich vor dem Mann vor. Er verführt jede weibliche Assistentsärztin, sagt man sich. Ich möchte nicht, dass sich die Mutter meines Sohnes dort einreiht." Sagte er dann verärgert. Ich sah den großen Mann wütend an. Was hielt er denn von mir, überlegte ich. „Weil du nicht gerne dein Spielzeug teilst, Steven Lankaster? Nur weil ich gestern auf dich reingefallen bin, heißt es nicht, dass ich vollkommen verblödet bin." Sagte ich dann heiser, leise flüsternd. Denn Markus Miller näherte sich mit großen Schritten. „Halte dich einfach fern von mir, du in deiner Ecke ich in meiner. Ich bin ein großes Mädchen." Sagte ich astig und ging Markus Miller entgegen. Ich spürte Stevens wütenden Blick in meinem Rücken.

Besorgt sah Steven der kleinen Frau hinterher. Er war wütend und gleichzeitig immer noch so verliebt wie früher in sie. Merkte sie das denn nicht? Er verstand Lilli einfach nicht. War nach letzter Nacht nicht alles klar zwischen ihnen? Da hatte sie ihm die beste Nacht seit Jahren geschenkt und ihm danach eiskalt abserviert.

Und das schlimme daran war, dass er das verdient hatte. Er hatte sie damals sehr verletzt, das wusste er natürlich. Doch hatte er sie nie vergessen können. Jetzt war sie wieder in seinem Leben, zusammen mit seinem Sohn Matteo. Bens Seelenverwandten.

„Guten Morgen, Professor. Schönes Wetter heute." Wurde Steven in seinen Gedanken unterbrochen. Vor ihm stand einer den nervigen Assistenzärzten. Wahrscheinlich seine Hilfe heute. Das fehlte gerade noch. „Haben sie heute einen Wetterfrosch verschluckt, Zwerg Nummer Drei? Dann spucken sie ihn wieder aus. Wir sind hier, um Krankheiten zu besiegen. Nicht um die Schäfchenwolken am Himmel zu zählen." Schnauzte Steven den armen Mann an. Stevens Laune sank ins Bodenlose. Hilflos musste er zusehen, wie Markus Miller seine Hand auf Lillis Rücken legte.

7 Kapitel

Zwei Wochen später

Hastig wechselte ich meine Kleidung und griff meinen Kittel. Ich war verdammt spät dran. Heute Morgen war es verhext, dachte ich mürrisch. Nicht nur, dass ich heute Morgen Post von meinem Vermieter im Briefkasten hatte. Er „musste" die Heizung für eine Woche abstellen. Das bedeutete auch kein warmes Wasser. Meine Wohnung kühlte schnell ab. Das hatte natürlich Folgen.

Matteo hatte die ganze Nacht über gefiebert. Er brütete eine Grippe aus, da war ich mir sicher. Denn die grassierte gerade überall. Jedenfalls hatte ich die ganze Nacht kaum ein Auge zugemacht. Und heute hatte ich Frühschicht im Krankenhaus. Ich konnte mich nicht krankmelden, denn ich war noch in der Probezeit. Also brachte ich Matteo zu meiner Mutter. Dort traf ich unvermutet auf Steven. Dem Mann hatte ich die letzten Tage erfolgreich aus dem Weg gehen können. Da er sich, wider Erwarten, an unsere Abmachung hielt. Ich wurde ihm nie als Assistenz zugeteilt. Keine Ahnung, wie er das mit unserem Ausbilder geregelt hatte. Was Steven nicht davon abhielt, sich stets in meiner Nähe aufzuhalten und sich stets einzumischen. Mehr als einmal kam es dabei zu peinlichen Szenen. Stevens Sprüche waren der Tratsch auf den Fluren.

Doch jetzt reichte es! Steven brachte Ben zu meiner Mutter! Er brachte seinen fiebernden Sohn zu meiner Mutter. Und meine Mutter war begeistert, endlich mal den Mann kennenzulernen und Matteos Zwilling zu sehen. „Das war nicht unsere Abmachung! Was willst du hier!" Hatte ich den Mann übermüdet und schlecht gelaunt angeschnauzt.

„Ben ist krank. Und ich habe niemanden für ihn. Da fiel mir nur deine Mutter ein. Ich rief die nette Frau an und sie war sofort bereit zu helfen! Kaum zu glauben, dass es sich um deine Mutter handelt, Zwerg!" Hatte Steven zurückgeschnauzt. Zwerge, so nannte Professor Steven Lankaster uns Assistenzärzte. Die sieben Zwerge, das war seine Bezeichnung. Ich war der siebte Zwerg. „Ich komme nach meinem Vater. Finde dich damit ab,

Chefarzt. Meine Mutter ist zu gutmütig, das war sie schon immer." Hatte ich geschimpft und Matteo zu Ben ins riesige Ehebett meiner Eltern gelegt. Beide Jungen schliefen, wie ein Wunder, augenblicklich ein. Warum hatte das nicht heute Nacht funktioniert, dachte ich jetzt, während ich durch die noch stillen Gänge des Krankenhauses lief. Ich war so spät, dachte ich verstimmt. Steven hatte die Ausfahrt mit seiner Limousine verstellt, deswegen kam ich nicht vom Hof, das war ärgerlich. Alle Assistenzärzte und unser Ausbilder warteten bereits auf mich. Mit hochrotem Kopf reihte ich mich in die Gruppe, hastig eine Entschuldigung murmelnd. Hoffentlich gab das keinen Ärger, hoffte ich still.

„Guten Morgen, meine Lieben. Wir alle haben Angehörige, die sich bestimmt, der eine oder andere, an der Grippe angesteckt haben. Besonders schlimm ist es, wenn es die Kinder trifft." Sagte Doktor Miller und zwinkerte mir verschwörerisch zu. Das beruhigte mich etwas. Der Mann hatte anscheinend Verständnis für meine Situation. „Deshalb, die Grippe ist auf dem

Vormarsch. Wir müssen uns schützen. Bei jedem neuen Patienten, werden sie testen, und Maske, Handschuhe. Mrs. Webster? Sie sind heute in der Notaufnahme eingeteilt. Wir müssen in dieser Zeit auf unsere Oberärzte zurückgreifen. Sie arbeiten heute mit Professor Lankaster zusammen. Lassen sie sich nichts gefallen, sie sind nicht auf dem Mund gefallen, sagte man mir." Bestimmte der Ausbilder seufzend. Mein Kopf schoss in die Höhe. Ich sollte mit Steven arbeiten? Das war gegen unsere Abmachung, dachte ich wütend. „Du Arme. Der Mann ist heute besonders freundlich." Murmelte jetzt Sahra neben mir, doch ihr erleichtertes Aufatmen, zeugte ihren Worten Lügen. Sie hatte gestern das Vergnügen mit Steven und den Abend weinend im Umkleideraum gesessen. Fast bereit, ihren Traum vom Arzt sein, aufzugeben. So fertig hatte der Mann die kleine Frau gemacht. Ungeduldig wartete ich das Ende der Besprechung ab.

„Doktor Miller? Ist das ihr Ernst? Ich soll mit dem Teufel arbeiten?" Rutschte es mir raus. Zum Glück hatte unser Ausbilder Humor und lachte darüber. „Steven hat darauf bestanden, Lilli. Er sagte, der siebte Zwerg hätte wegen seinem kranken Kind nicht geschlafen und es wäre gefährlich ihn auf die wehrlosen Patienten loszulassen. Steven fürchtet um die Patienten. Er sagte, unausgeschlafen, seien sie schlimmer als er in seinen besten Tagen. Deswegen sollen sie sich bei ihm melden." Erklärte mein Ausbilder schmunzelnd. „Auch, wenn ich glaube, dass es schwieriger als Steven Lankaster, nicht geht, und der Mann übertreibt. Er wartet auf sie Lilli. Kopf hoch und lassen sie sich nichts gefallen. Es wer schön, wenn einer der Zwerge am Ende des Tages nicht weint." Sagte er dann laut seufzend. „Darauf können sie bei mir lange warten, Sir. Zwerge sind stärker als mancher glaubt." Sagte ich und machte mich auf dem Weg zur Notaufnahme. Gespannt, warum Steven unsere Abmachung brach. Ich unterdrückte krampfhaft ein Gähnen. Die Nacht ohne Schlaf forderte ihrem Tribut. Müde lehnte ich mich im Fahrstuhl gegen die Wand und schloss für dreißig Sekunden meine Augen. Dann öffnete sich die Türen.

„Das hüpft ja der siebte Zwerg ins Hexenhaus. Wird aber auch Zeit. Hat euer Ausbilder wieder Geschichten erzählt? Oder was hat sie aufgehalten, Mrs. Webster." Begrüßte mich Steven unwirsch. Er kam zu mir. „Du weißt schon, dass Doktor Miller auf dich steht, oder Lilli? Mein Sohn wird kein Miller!" Zischte er mir ins Ohr. Es kitzelte etwas und ich erzitterte. Mir war kalt. Kein Wunder, hier in der Notaufnahme wurde nicht geheizt. „Matteo heißt Webster und das wird sich nicht ändern. Außerdem finde ich Doktor Miller ausgesprochen sympathisch. Ich hätte nichts gegen eine Einladung. Es ist lange her, dass ich das letzte Mal.." Ich schwieg mich aus. Steven grinste jetzt breit. „Dafür erinnere ich mich gerne an dein erstes Mal, Lilli Webster-Mayer. Das kann mir niemand nehmen." Sagte er dann und sah mit Genugtuung, wie ich rot wurde. „Gutes Stichwort, Schlafen." Sagte Steven weiter als ich verlegen schwieg. „Ich habe unsere Vereinbarung nicht vergessen, aber ich musste Unglück verhindern. Ich erinnere mich gut, wie du ohne Schlaf bist. Ich muss unsere armen Patienten vor dir beschützen." Erklärte Steven und zerrte mich in das kleine Büro neben der Notaufnahme. Dort, auf dem großen Sofa, lag eine kuschelige Bettdecke. Die musste der Mann aus einem Privatzimmer gestohlen haben, dachte ich sehnsüchtig. Es sah so einladend aus. Wieder unterdrückte ich ein Gähnen.

„Lege dich hin, Lilli. Ich besorge mir einen oder zwei Praktikanten. Die laufen wie wilde Hühner hier frei rum. Die freuen sich, wenn sie mal was anderes machen können als Bettpfannen wechseln. Verbände machen, können selbst die. Wenn ich dich wirklich brauchen sollte, lass ich dich holen. Du hast die ganze Nacht Kotze aufgewischt und unser Kind beruhigt. Schlaf etwas." Befahl Steven mir ungewohnt freundlich. Unsicher sah das verlockende Sofa an. „Du doch auch, Steven. Du warst bestimmt auch wach. Es war übrigens richtig, Ben zu meiner Mutter zu bringen. Schreibe es meinem Schlafmangel zu. Dass ich heute Morgen so zickig war." Sagte ich entschuldigend. Gehorsam legte ich mich auf das große Sofa. Steven breitete die Decke über mich. „Ich habe heute Mittag drei Freistunden. Ich werde mich dann ausruhen. Versprochen, Zwerg Nummer Sieben." Flüsterte er heiser. Ich hörte den Mann schon nicht mehr. Ich schlief tief und fest.

Zum ersten Mal seit langer Zeit, lächelte Steven, weil er mit sich zufrieden war. Denn dass hier hatte er gut gemacht, dachte er etwas selbstzufrieden. Er merkte, dass Lili ihm immer noch vertraute, vielleicht sogar noch mochte. Darauf konnte man aufbauen. Hauptsache, die anderen Kollegen bekamen nicht Wind davon und glaubten, Lilli würde ihm weich werden lassen. Er hatte lange genug an seinem schlechten Ruf gearbeitet, nur um in Ruhe gelassen zu werden, dachte er weiter und schloss leise die Bürotür. Sollte Lilli sich ausschlafen, er konnte es vertreten. Er war es gewohnt, mit wenig oder gar keinen Schlaf auszukommen. Nicht während der Arbeit, sondern auch privat.

Ben war ein sogenanntes Schreikind gewesen. Es war nur Steven gelungen, seinen Sohn zu beruhigen. Nicht, dass Rita sich damals Mühe gegeben hätte. Sie hatte einen gesunden Schlaf gehabt. Er jedoch war nächtelang mit dem Baby auf dem Arm durch das große Haus gelaufen. Nur, um am nächsten Morgen am OP-Tisch zu stehen. Steven dankte jetzt noch dem Universum, dass nichts Schlimmes passiert war, übermüdet, wie er gewesen war. Das würde er Lilli nicht antun. Die Frau, die seine Gedanken beherrschte, seit er sie damals schlafend zurückließ. Sich verfluchend, dass er ihre Verliebtheit ausgenutzt hatte, wissend, dass es keine Zukunft für sie beiden gab. Doch dann musste er Matteo denken. Das Schicksal fand seine eigenen Wege, dachte Steven und eilte zum großen Tor. Ein Notfall kündigte sich an.

„Was machst du mit den Praktikanten, Steven? Sie sitzen weinend im Bereitschaftsraum und fluchen oder weinen. Wozu brauchst du die jungen Leute eigentlich. So viel ist doch nicht los."

Fragte Doktor Miller halb verzweifelt seinem Professor Steven Lankaster. Steven fluchte und half der jungen Frau vor sich von der Liege. Sein Blick streifte die drei Kinder der Frau, die geduldig, Eis essend im Gang warteten. „Bestellen sie ihrem Mann, ein großes Schloss am Kühlschrank wäre bei ihrer Familie vom Vorteil. Und Fahrradfahren, statt Muttertaxi zur Schule für ihre Kinder. Sie vier, gnädige Frau, haben zusammen mindestens sechzig Kilo Übergewicht. Wir haben elf Uhr und ihre Kinder essen Eis." Sagte Steven und sah, wie die Frau vor ihm hochrot wurde. Sie schluckte schwer. „Das sagt mein Mann fast jeden Tag. Doch was soll ich machen, meine Kinder sind ohne Zucker unausstehlich." Verteidigte sie sich dann schwach. „Sich durchsetzen und mit gutem Vorbild voran gehen. Sonst sagt ihr Mann bald nichts mehr. Denn er ist weg." Sagte Steven trocken und ließ die Frau stehen. Es war alles gesagt. Den Rest konnte der Hausarzt regeln.

Er wandte sich an Doktor Miller. „Deine Praktikanten wollen alle Ärzte werden! Sie beherrschen jedoch nicht einmal die einfachsten Dinge. Nicht einmal Fieber können sie zuverlässig messen und dokumentieren. Was wollen diese Nichtskönner eigentlich hier?" Sagte er dann ironisch lächelnd. „Mich anhimmeln kann ich selbst. Da muss ich nur in den Spiegel schauen." Setzte er hinzu und sah zum kleinen Büro. Lilli schlief immer noch. Das war gut so, er schaffte es hier allein.

„Ich bin auf der Suche nach Mrs. Webster, Steven. Hier ist ja nicht viel los und Lilli sah heute Morgen erschöpft aus. Ich wollte sie zu einem Frühstück in der Cafeteria einladen. Sie ist dir doch heute zugeteilt worden." Fragte Doktor Miller jetzt und sah sich suchend um.

„Ich bin hier, Markus. Ich habe Arztberichte bearbeitet, es war nicht viel los. Und die Berichte haben sich bereits gestapelt. Ich würde gerne Pause machen, wenn Professor Lankaster nichts einzuwenden hat." Sagte ich und zog mir meinen Kittel über. Stevens Gesicht verdunkelte sich augenblicklich. „Ihre Abwesenheit hier stört niemanden, ich bin ja hier. Das reicht im Allgemeinen. Und ihre Mitarbeit behindert mich eher als es hilft. Aber wir sind ja nun mal ein Lehrkrankenhaus, was solls. Lassen sie sich den Kaffee schmecken." Grollte Steven mir hinterher. Markus Miller zuckte kurz zusammen, doch ich kicherte amüsiert. Das lachte ich leise. „Ich werde mich beeilen und dir Kaffee mitbringen. Schwarz mit zwei Stück Zucker, ja? Danach kannst du dich ausruhen, Steven. Und danke, dass ich schlafen durfte." Sagte ich ruhig und strich Steven kurz über seinen Arm. Mir gewiss, von meinem Ausbilder beobachtet zu werden.

8 Kapitel

Still fluchend sah Steven den beiden hinterher. Machte sich Markus etwa Hoffnungen auf seine Lilli? Das musste er unbedingt unterbinden. Lilli gehörte ihm, das hatte sie schon immer. Das war Steven klar geworden, seit er sie wiedergesehen hatte. Und seinen Sohn kennengelernt hatte. Es war, als hätte Ben seine fehlende Hälfte gefunden. Und umgekehrt. Die beiden hatten sich wirklich gesucht und gefunden. Das würde niemand zerstören, schwor Steven sich leise. Verdammt, es war damals ein Fehler gewesen, die kleine frau zurückzulassen. Jetzt musste er kämpfen. Kämpfen gegen einen toten Barry und einen Arzt Namens Markus Miller.

„Entschuldigen sie. Sind sie ein Arzt?" Wurde Steven jetzt aus seinen Gedanken gerissen. „Nein, guter Mann. Ich bin der Erzengel Gabriel. Auf der Suche nach verirrten Seelen. Meine großen Flügel sind zur hunderttausend Meilen Inspektionen. Oder was glauben sie, warum ich hier im gestärkten, weißen Kittel herumlaufe." Grollte Steven den Mann an. Er hasste solche dummen Fragen. Man sah doch, dass er Arzt war, dachte er wütend. Dazu musste man nur auf das Namensschild schauen. Vorausgesetzt, man konnte lesen. Jetzt grinste der fremde Mann breit. „Ein Scherzbold. Jemand, der gerne austeilt. Nun, das wird ihnen gleich vergehen." Sagte er und ließ Steven eine Pistole sehen.

Steven schluckte kurz, dann riss er sich zusammen. Panik wäre jetzt verkehrt, dachte er schnell. „Schönes Teil, etwas altmodisch. Und, was haben sie damit vor?" Fragte er und bemühte sich um einen lockeren Ton. Nur keine Panik. Der Mann war unberechenbar. Jetzt ging die Tür auf und ein Praktikant steckte seinen Kopf durch. „Professor Lankaster? Hier warten einige Patienten auf sie." Sagte der junge Mann furchtsam. „Kein Wort über die Waffe, oder ich drücke ab." Zischte der fremde Mann heiser. Verstehend nickte Steven, das hier war kein Spaß mehr.

„Raus hier! Und suchen sie Doktor Webster! Sagen sie ihr, wir haben heute nicht Freitag der Dreizehnte! Sie soll ihren Hintern nie wieder herbewegen." Schnauzte Steven den Praktikanten herrisch an. „Haben sie Wurzeln geschlagen und warten auf Dünger? Nun laufen sie schon!" setzte er hinzu. Als der junge Mann erstarrte. Der junge Mann schlug erschreckt die Tür zu und rannte los. Voller Panik rannte er durch die Gänge. Was sollten diese unzusammenhängenden Worte. Der Professor war jetzt anscheinend ganz durchgedreht.

„Matteo ist krank und ich war die ganze Nacht wach. Ich bekam kein Auge zu. Deswegen hat mir Steven das Büro angeboten. Damit ich etwas Schlaf nachholen konnte. Mehr war nicht." Erklärte ich meinem Ausbilder und trank dankbar einen Schluck heißen Kaffee. Markus nachdenklicher Blick nervte mich ein wenig.

„Steven Lankaster hat dich schlafen lassen? Ist das der Ernst? Ich verstehe den Mann nicht mehr. Was ist das zwischen euch, Lilli? Jeder spricht über die Ähnlichkeit eurer Kinder. Ist da etwas, über das ich Bescheid wissen muss? Ich mag dich und Matteo. Deswegen wären falsche Hoffnungen nicht gut. Du weißt, was ich meine. Ich bin ungern der Verlierer." Sagte jetzt Markus Miller und griff meine Hand. Es war mir etwas unangenehm. Doch ich wollte den Mann nicht hier in der Cafeteria zurechtweisen. Das hob ich mir für sein Büro auf. „Steven und ich kennen uns von früher. Das lässt sich schwer leugnen. Doch er hat geheiratet und auch ich. Jeweils jemanden anders. Mehr gibt es da nicht zu erzählen. Das unterliegt der ärztlichen Schweigepflicht." Scherzte ich halbernst. Ich wollte dem zugegeben, netten Mann, nicht zu viel erzählen. So etwas war nie gut in einem Krankenhaus mit strukturierten Abläufen. Hier verbreitete sich der Tratsch in Windeseile.

„Ich mag dich, Lilli. Dass hast du doch gemerkt. Und ich werde nicht aufgeben. Nicht bei einem Patienten und nicht in der Liebe." Sagte der Mann jetzt zu mir und senkte seine Stimme verführerisch. „Ich weiß, Markus. Das haben mir deine anderen Opfer auch schon berichtet. Ich höre auch den Flurtratsch. Lass uns einfach Freunde sein. Ich habe einen kleinen Sohn. Den werde ich nicht mit Männergeschichten verwirren. Matteo leidet immer noch unter dem Tod seines Vaters."" Sagte ich schärfer als beabsichtigt. Markus Miller zog eine düstere Mine auf. Verlieren war nicht sein Ding, das merkte ich. „Wenn ich dem Flurtratsch richtig verstanden habe, erfreut sich der Vater deines Kindes bester Gesundheit, Lilli. Er arbeitet gerade in der Notaufnahme, so viel ich weiß." Sagte er jetzt so gehässig, dass es mir in den Fingern juckte. Ich würde jetzt gerne, nur einmal kurz, über den Tisch langen. Doch ich musste mich beherrschen. Ich brauchte diese Anstellung. Ich setzte mein falsches Lächeln auf. „Das nennt sich Privatsphäre, Markus, und es geht dich einen feuchten Dreck an. Ich hätte von meinem Ausbilder etwas mehr Diskretion erwartet. Und ich hätte erwartet, dass du ein fairer Verlierer bist." Sagte ich und erhob mich. Zeit, dass ich Steven ablöste, damit auch er etwas schlafen konnte.

„Mrs. Webster, hier sind sie. Professor Lankaster schickt mich. Ich soll ihnen etwas Merkwürdiges sagen. Irgendetwas von dass wir nicht Freitag den dreizehnten haben und sie Ihren Hintern nie wieder in die Notaufnahme bewegen sollen." Schrie ein aufgeregter Praktikant durch den gut gefüllten Saal. Vereinzelt wurde gelacht, doch ich war plötzlich hellwach. Mein Herz schlug wie verrückt und ich zitterte. Steven war in Gefahr, keine Frage. „Hat der Professor genau diese

Worte gewählt? Freitag der Dreizehnte und Hintern?" Fragte ich den schnell nickenden jungen Mann. Ich wandte mich an Markus. Vergessen war unsere Auseinandersetzung. Das war plötzlich unwichtig. „Okay, Doktor Miller. Das war in Afghanistan unser Code für Geiselnahme oder bewaffneter Überfall. Steven steckt mächtig in Schwierigkeiten. Du musst umgehend in Notaufnahme evakuieren lassen. Das ist kein Scherz. Du weißt, Steven scherzt nie. Und er würde diesen Code nicht verwenden, wäre es nicht wirklich gefährlich." Sagte ich dann ernst. Dann griff ich mein Telefon. Mit der anderen Hand scheuchte ich den Praktikanten und Markus Miller hoch. Die beiden wussten, was sie tun mussten.

„Und? Was verschafft mir die Ehre ihres Besuches, Mister? Es ist ja nicht so, dass ich öfter mit einer Waffe bedroht werde. Die Zeiten liegen hinter mir. Das dachte ich jedenfalls. Aber selbst ich kann mich irren. Wenn auch sehr selten." Sagte Steven gezwungen ruhig. Hoffentlich hatte

Lilli seine Warnung verstanden. Der Ruhe vor der Tür nach zu urteilen, war es der Fall. Die Notaufnahme war geräumt worden. Keine Krankenwagen, die laut Alarm machend hielten, keine Notärzte, die Befehle schrien. Steven gähnte unverhohlen. „Ich hätte mir Kaffee besorgen sollen. Ohne schlafe ich gleich ein. Also, was wollen sie Idiot." Sagte er weiter als der Mann ihm gegenüber immer nervöser wurde. „Hören sie auf, mich zu beleidigen! Reden sie immer so viel Blödsinn? Ich bin kein Idiot!" Schnauzte der Mann Steven jetzt an. Steven gähnte erneut, die schlaflose Nacht machte sich jetzt bemerkbar. „Und ob sie einer sind. Kein Vernunft begabter Mann, kommt mit einer geladenen Waffe ins Krankenhaus. Also, was wollen sie, Mann." Herrschte Steven zurück. Er musste den Mann aus der Reserve locken. Sein Telefon klingelte. Es war Lilli. Sie hatte also verstanden.

„Du hast Besuch, Mayor?" Fragte ich und benutzte absichtlich Stevens militärischen Rang.

Neben mir stand der Krankenhausdirektor und wartete aufgeregt auf eine Antwort. „Ja, ein sehr netter, Mann mit einer geladenen Achtunddreißiger steht neben mir. Noch hat er nicht verraten, was er will. Außer uns alle von der Arbeit abzuhalten. Vielleicht verrät er ja dir mehr, MP." Sagte Steven ernst.

„Mein Name ist Roger Alberts. Meine Frau hat gestern unser Kind hier zur Welt gebracht. Ich darf es nicht sehen, ihr dämlicher Anwalt hat es verboten. Ich will mein Kind sehen. Bringen sie mir mein Kind. Ich bin der Vater. Entweder bringen sie mir das Kind, oder ihr Kollege hier stirbt." Schrie der fremde Mann jetzt aufgebracht. Steven grinste breit. „Lassen sie mich raten. Sie leben in Scheidung? Ich kann sie verstehen, Roger, trotzdem Idiot. So wegen einer Frau durchzudrehen." Sagte Steven sarkastisch.

Das reichte dem Mann. „Sie gehen mir auf die Nerven, Doc!" Schrie Roger und   schoss. Steven wich aus, schlug unter die Waffe und der Schuss ging in die Decke. Es hallte durch die leere Notaufnahme. Mir stockte der Atem. „Steven?"

Gelang mir zu sagen. „Mir geht es gut! Mir rieselt nur der Kalk von der Decke ins Gesicht. Du hast den Mann gehört. Besorge das verdammte Baby." Forderte Steven jetzt hart. Ich schluckte. „Ist der Kerl dunkelhäutig und hat braune Augen?" Fragte ich dann nach. Verwundert verneinte Steven, „Eher Typ Wikinger." Sagte er trocken. Ich kicherte. „Ich erinnere mich an die Geburt gestern. Mrs. Aberts brachte eine gesunde, dunkelhäutige Tochter zur Welt. Es wundert mich nicht, dass sie den Besuch von Mister Alberts verbieten ließ." Erklärte ich jetzt und hörte Steven laut seufzen. „Was habe ich nur falsch gemacht? Warum suchen sich die Verrückten immer mich aus? Habe ich ein Schild an der Stirn „Verrückte, in einer Reihe, hier anstellen?" Fragte er dann heiser. „Lass dir etwas einfallen, MP. Und bring mir einen Kaffee mit. Am besten die ganze Kanne." Sagte Steven und legte auf. Ich legte mein Handy beiseite und sah mich um. Dann lächelte ich leicht. „Ich brauche ein Baby. Ein hellhäutiges, pummliges Baby." Sagte ich und sah in verwirrte Gesichter. „Na, eine dieser Dummys. Dieser Lehrpuppen. In eine hübsche Babydecke gewickelt. Und sie haben den Professor gehört. Eine große Kanne Kaffee." Erklärte ich dann grinsend.

„Du willst da rein, Lilli? Der Typ hat eine Waffe." Warnte mich jetzt Markus Miller. Endlich meldete sich der Mann mal zu Wort, dachte ich. Bislang hatte er sich erfolgreich im Hintergrund gehalten. „Und ich habe eine große Kaffeekanne und eine Babypuppe. Und ich scheue mich nicht, beides einzusetzen. Der Mann kommt mit einer Waffe ins Krankenhaus. Das geht gar nicht. Das werde ich ihm klarmachen. Und wenn nicht ich, dann wird es Steven machen." Sagte ich wütend. Endlich kam die Babypuppe.

Nervös stand ich vor der schweren Schiebetür und atmete durch. Dann klopfte ich. Was schwierig war, mit der Babypuppe in einem Arm, die schwere Kaffeekanne in der anderen. „Wer stört unsere amüsante Männerrunde? Wir sind uns gerade etwas näher gekommen." hörte ich Stevens sarkastische Stimme rufen. Selbst in dieser gefährlichen Situation konnte es nicht lassen, seine Mitmenschen zu provozieren, dachte ich und unterdrückte eine scharfe Antwort. „Ich bin es. MP. Mit dem Baby. Und dem gewünschten Kaffee. Ich bin allein. Mach die verdammte Tür auf. Das Baby wird schwer." Rief ich zurück. „Sie bleiben in der Ecke, Doc!" Hörte eine befehlende Männerstimme sagen. „Gerne, dann bin ich wenigstens aus der Schusslinie. Ich stehe nicht auf Löcher in meinem makellosen Körper." Antwortete Steven. Ich hörte eilige Schritte, die sich der Tür näherten. Die Tür wurde aufgerissen und ich starrte in den Lauf einer Waffe. „Nette Begrüßung. Da fühlt man sich gleich zuhause." Sagte ich, um meine Angst zu überspielen.   „Noch so ein Komiker. Reinkommen" Wurde ich angeschnauzt. „Einmal das Baby für sie, der Kaffee für dich." Sagte ich gespielt mutig. Ich trat in den Raum und ging wackelig auf dem Mann zu. Die Babypuppe begann planmäßig zu weinen. Ich stolperte und die Puppe fiel mr aus den Armen. „Mein Kind!" Der fremde Mann griff reflexartig hinterher. Darauf hatte ich gewartet und gehofft. Mit der Kaffeekanne schlug den Mann nieder. Bewusstlos blieb er vor mir liegen. Hastig trat ich die Waffe beiseite.

„Hoffentlich ist der Kaffee noch heiß. Du hast dir viel Zeit gelassen." Sagte Steven grinsend und nahm mir die Kaffeekanne aus der Hand. Während der Sicherheitsdienst Mister Alberts abführte, trank er gelassen seinen Kaffee.

9 Kapitel

„Ich habe mit dem Professor in Afghanistan gearbeitet. Freitag der Dreizehnte war der Code für Geiselnahme damals. Ich arbeite damals für die Militärpolizei und wusste, was ich tun musste." Erklärte ich dem genervten Kriminal-Polizisten geduldig. Der gute Mann hatte sich fünf Minuten lang mit Steven unterhalten und war dann fluchend zu mir gekommen. „Wie halten sie es mit dem Kerl nur aus, Mrs. Webster. So was von unhöflich." Hatte er mich leise gefragt. „Man gewöhnt sich an Stevens charmante Art." War meine Antwort gewesen. Das bescherte mir ein Lächeln des Polizisten und einen strengen, bösen Blick von Steven. Ich löste mich von dem netten Polizisten und ging zu Steven. Liebevoll nahm ich ihm den Kaffeebecher aus den Händen. „Du solltest dich etwas ausruhen, Steven. Du hast vergangen Nacht nicht geschlafen. Ich konnte es heute Morgen nachholen, doch du nicht." Flüsterte ich dem großen Mann zu. Ein teuflisches Lächeln war mein Dank. „Du machst dir ja Sorgen um mich. Ich dachte schon, deine Aufmerksamkeit gilt nur noch Doktor Miller. Ich werde dieses Affentheater hier verlassen und mich hinlegen. Du hast nicht zufällig Lust, mir Gesellschaft zu leisten? So, wie vor vierzehn Tagen?" Sagte Steven jetzt laut in den gut gefüllten Raum. Sämtliche Ärzte, Schwestern und Polizisten starrten mich neugierig an. „Entschuldige, war ich etwa zu laut? Ich dachte bei dem Lärm hier, achtet niemand auf meine Worte. Immerhin gibt es interessantere Themen als uns beiden." Sagte Steven sarkastisch und griff meinen Arm. Mit hochrotem Gesicht folgte ich dem Mann. „Du bist ein Arsch, Steven Lankaster. Das hast du doch absichtlich, wegen Markus gesagt. Zu deiner Information. Der Mann hat heute bereits eine Abfuhr von mir erhalten, es war also völlig unnötig, von unserem Fehler zu sprechen." Sagte ich leise. Steven zog mich in seine Arme und küsste mich leidenschaftlich. Ich erwiderte den Kuss willig, wild. Endlich fiel die Spannung von mir ab. Das Zittern ließ etwas nach. Wissentlich grinste Steven. Der Mann kannte mich nach all den Jahren immer noch gut, dachte ich grummelnd. „Umso besser. Das erspart mir das Gespräch mit dem Idioten. Schlimm genug, dass er der Ausbilder der Zwerg ist. Das Ausnutzen seiner Position ist eine schlimme Sache. Der Idiot baggert sämtlich, hübsche Frauen im Krankenhaus an. Der Typ macht einen Sport draus. Und einige der anderen Ärzte nehmen sich ein Beispiel daran." Schimpfte Steven jetzt und streichelte mich verführerisch. Seine Hände erforschten meinen Körper und schoben den Kaftan hoch. Willig ließ ich zu, dass er mir das Oberteil abstreifte. „Du solltest etwas schlafen, Professor. Das wäre besser." Konnte ich kurzatmig einwerfen. Steven hob mich auf und trug mich zum großen Sofa, das für die Bereitschaftsdienste bereits zum Bett umgebaut wurde. „Ich bin dabei, ins Bett zu gehen."" Flüsterte Steven zurück.

Lautlos schlich ich mich aus Stevens Büro. Den müden, schlafenden Mann zurücklassend. Ich hatte es wieder getan. Ich hatte wieder mit Steven Lankaster geschlafen. Hatte ich nicht geschworen, dass es keinen weiteren Sex mit dem Mann geben würde? Warum war ich in Stevens Nähe nur immer so willensschwach? Warum hatte er keine Probleme, mich zu verführen? Weil es einfach süchtig machte, verteidigte ich mich still. Weil Steven ein exzellenter Liebhaber war, der meinen Körper zum Klingen brachte. Er musste mir sogar den Mund zu halten, so erregt war ich gewesen, erinnerte ich mich rot werdend. Das war mir bei Barry nie passiert. Mein verstorbener Ehemann konnte mich nie vor Leidenschaft schreien lassen. Beschämt, über diese Gedanken, duschte ich hastig und begab mich wieder in die Notaufnahme. Dort war jetzt viel zu tun. Die Grippe hatte unsere Stadt fest im Griff. Immer mehr Menschen wurden mit Atembeschwerden eingeliefert. Als jetzt ein fünfjähriges Mädchen mit Asthma und Luftproblemen eingeliefert wurde, griff ich zum Telefon und rief meine Mutter an. Ich musste wissen, wie es Ben und Mateo ging. „Die Jungen schlafen etwas. Das entspannt die Lage. Gaby ist los, Hustensaft besorgen, Lilli. Drei Apotheken- Fehlanzeige. Überall ausverkauft. Es ist zum Verzweifeln. Nirgendwo gibt es noch Kinder- Medikamente." Sagte meine Mutter ernst. Im Hintergrund konnte ich die Jungen husten hören. Ich schluckte schwer, dann fasste ich einen Entschluss. „Schicke Gaby hier vorbei. Ich werde Medikamente besorgen." Sagte ich dann nachdenklich. Das war nicht so einfach, dass wusste ich. Und nicht gerade legal. Doch meine Jungen brauchten die Medikamente.

„Ich gehe fünf Minuten in die Cafeteria." Rief ich als der Patientenstrom etwas nachließ. „Aber nicht zu lange, Doktor Webster!" Rief Markus Miller streng zurück- „Sie haben ihre Pause heute schon reichlich genossen." Rief er mir hinterher und ich hörte vereinzelt Kollegen lachen. Ich ahnte, welche Gesten Markus gerade machte und wurde wieder rot. Steven hatte recht, der Mann war ein Widerling, der nicht verlieren konnte.

Mein Weg führte mich ins Medikamentenlager. Dort suchte ich hastig einige gute Medikamente für die Jungen zusammen. Das war, streng genommen, Diebstahl. Denn als Assistentsärztin brauchte ich einen schriftlichen Auftrag mit allen verzeichneten Medikamenten, die ich entnehmen durfte. Ich könnte Steven wecken, um die Anweisung zu erhalten. Doch dafür fehlte mir die Zeit. Denn Gaby wartete schon draußen und ich musste wieder zum Dienst. Seit meiner Abfuhr heute Morgen hatte mich Markus Miller auf dem berühmten Kieker. Hastig steckte ich die Medikamente in die Tasche und beeilte mich. Ich lief durch die Gänge und nutzte den Seitenausgang. Der war weniger besucht. Hier traf man nicht auf Kollegen. Es sei denn, sie wollten heimlich eine rauchen.

Gaby wartete schon und nahm dankbar die Medizin entgegen. „Es hat die Jungen heftig erwischt. Und es gibt in der ganzen Stadt keine Medizin mehr. Es wird bald zu Unruhen kommen, Lilli. Ich hoffe, dass ich auf dem Heimweg nicht überfallen werde." Unkte Gaby ironisch. „Ermordet wegen ein paar Tabletten." Gaby steckte die Tasche in ihren Wagen und gab Gas. Besorgt sah ich meiner Schwester hinterher. Diese Grippe-Epidemie wurde immer schlimmer. Wurde sie zu Anfang der Woche noch belächelt, so war sie jetzt ein ernst zu nehmender Gegner geworden. Die Apotheken hatten keine Medikamente mehr. Und in unserem Lager stapelten sich die Schachteln. Das musste doch nicht sein, überlegte ich. Das musste sich doch gerechter verteilen lassen. Dann lief ich schnell zurück ins Krankenhaus. Die vielen Menschen dort brauchten meine Hilfe. Dafür war ich Ärztin geworden. Deswegen hatte ich jahrelang studiert.

„Na, Kaffee genossen, Mrs. Webster? Dann können ja endlich anfangen zu arbeiten. Sie haben ja bereits ausgiebig geschlafen. So einen

Luxus hat nicht jeder hier. ja ist es gut, Beziehungen zu haben, oder?" Begrüßte mich Markus Miller gehässig. Ich wurde feuerrot, als die anderen Assistenzärzte versteckt kicherten. Mit zusammen gekniffenen Lippen schwieg ich dazu.

„Bemühe dich nicht, sarkastisch zu sein, Markus. An mich kommst du nie ran. Und ich wusste nicht, dass du so ei schlechter Verlierer bist. Nicht jeder Affe im Zoo, gehört dem Trainer. Es gibt auch welche mit Selbstbewusstsein." Sagte jetzt die schneidende Stimme von Steven hinter mir. Der Mann war also wieder wach und arbeitete. Markus grinste teuflisch, besser ließ es sich nicht beschreiben. So als hätte er etwas in der Hand gegen mich. Ein Schauer lief mir über den Rücken.

„Nur, dass ihr selbstbewusster Affe in der Probezeit ist und sich bereits einige schlimme Patzer geliefert hat. Kein Wunder, dass wir das dritte Krankenhaus sind, in der sie versucht, ihren Facharzt zu machen. Die anderen hatten nicht so viel Geduld. Oder Mrs. Webster hatte keinen Beschützer." Sagte Markus dann laut, so dass jeder in der Notaufnahme ihn hören konnte. Steven lächelte jetzt kalt, während ich am liebsten im Boden versunken wäre. „Doktor Webster braucht keinen Beschützer. Sie ist schon ein großes Mädchen, der Größte der Zwerge. Sie hat in Frankreich ihren Doktortitel in Allgemeinmedizin gemacht." Erklärte Steven dann gelassen. „Und das trotz Mutterschaft." Setzte er hinzu als Ruhe einkehrte.

„Nur schade, dass dieser Titel hier nicht anerkannt wurde, oder? Hier ist sie ein kleiner Fisch, der sich bemüht, nicht zu ertrinken. Und der trotzdem die Frechheit besitzt, das Klinikum zu bestehlen. Abstatt für die Chance hier zu arbeiten, dankbar zu sein." Grollte jetzt Markus gehässig. Darauf, das loszuwerden, hatte er lange gewartet. Er zückte sein Telefon und zeigte Steven Fotos von mir und Rita. Hatte mich Markus etwa ausspioniert? Er musste mich vorhin verfolgt haben, dachte ich schockiert.

Steven zerrte den Mann aus der Notaufnahme und weiter, bis zu einem leeren Büro. Ich blieb, den Blicken der anderen Menschen hier ausgeliefert, zurück. Voller Angst überlegte ich, was Markus Steven erzählen würde. Entschlossen folgte ich den Männern. Immerhin hatte ich den Mist verbrockt. Warum sollte Steven dafür büßen.

„Was werfen sie Doktor Webster vor, Markus? Was sollten ihre Andeutungen? Und was wollen sie damit bezwecken? Sie tun doch nichts ohne Berechnung!" donnerte Steven los, kaum, dass die Tür geschlossen war. Er war richtiggehend wütend. Es war etwas anderes, wenn der auszubildende Arzt ihn verachtete und sich über seine direkte Art lustig machte. Aber er sollte gefälligst Lilli da rauslassen. Sie hatte es schwer genug. In ihrer kleinen Wohnung gab es nur zwei Zimmer. Lilli schlief im Wohnzimmer, auf einer Klappcouch. Das war bestimmt nicht bequem. Dabei hatte er eine große Villa mit einer Menge freier Zimmer. Mit bequemen Betten. Und die Jungen wären auch zusammen. Das wäre ein weiterer Pluspunkt. „Ihre kleine Freundin hat Medikamente gestohlen und weitergegeben.

Ohne Auftrag ist sie ins Medikamentenlager und hat sich bedient. Sie wissen, was darauf steht. Sie wird fliegen und nirgendwo wieder eine Anstellung finden. Nicht einmal bei Mc. Donalds. Ich habe da eindeutige Fotos, die das beweisen." Holte Markus Miller Steven aus seinen Gedanken.

„Was wollen sie dafür? Ich wiederhole. Sie tun doch alles mit einer bestimmten Absicht. Ich bin nicht der erste, den sie auf diese Weise erpressen." Sagte Steven hart. Er musste unbedingt mit Lilli reden, dachte er betroffen. Warum hatte sie sich nicht an ihn gewandt, wenn sie Hilfe brauchte. Bestimmt waren die Medikamente für Ben und Matteo gewesen, überlegte er besorgt. „Der Posten des Chefarztes wird neu vergeben, Steven. Sie haben sich, ebenso wie ich, darum beworben. Ich will, dass sie ihre Bewerbung zurückziehen. Oder diese brisanten Fotos landen beim Krankenhausdirektor. Mister Traller wird darüber nicht erfreut sein. Die Gespielin unseres „netten" Professors ist eine Diebin." Sagte Markus siegesgewiss.

Ich hatte genug gehört. Geschockt schlich von der Tür, gegen der ich mein Ohr gepresst hatte und unterdrückte die Tränen. Markus erpresste Steven. Wegen einem Fehler von mir. Ich musste es wieder geradebiegen, dachte ich und machte mich auf dem Weg zum Büro des kaufmännischen Direktors. Ich musste mich selbst anzeigen. Auch, wenn es das Ende meiner Laufbahn las Ärztin bedeutete. Ich konnte Steven nicht dafür leiden lassen. Mutig klopfte ich an die Tür. „Mister Traller? Haben sie einen Moment Zeit? Ich muss mich selbst anzeigen. Ich kann nicht zulassen, dass Steven für mich leidet." Sagte ich.

„Das klingt ja interessant, Doktor Webster. Ich wollte sie gerade ausrufen lassen. Meine Bemühungen lohnten sich. Man hat ihren Doktortitel doch noch anerkannt. Ich gratuliere." Sagte Mister Traller freundlich. Doch ich konnte nicht lächeln. „Sparen sie sich ihre Freundlichkeit. Ich habe großen Mist gebaut. Und ein anderer soll etwas dafür büßen." Erklärte ich bitter.

10 Kapitel

Zehn Minuten später dröhnte Mister Trallers Stimme durch die Sprechanlage des internen Krankenhauses. Energisch befahl er Markus und Steven in sein Büro. Dort saß ich, in den großen Sessel fast versunken. „Von der Heldin bei einer Geiselnahme zur Diebin. Und alles an einem Tag. Nicht schlecht. Das ist Rekord hier. Ich müsste sie jetzt eigentlich entlassen, Doktor Webster. Aber müsste gleich mitgehen. Denn ich bin dreifacher Großvater und habe gestern Abend Medikamente mitgehen lassen. Ich kenne also die Problematik und arbeite bereits daran, unseren Vorrat möglichst gerecht aufzuteilen." Hatte Mister Traller mir augenzwinkernd berichtet. „Außerdem hasse ich Erpressung jeglicher Art. Markus Miller war nie eine Option für den Posten des Chefarztes. Ich leite das Klinikum seit fast dreißig Jahren und kenne meine Ärzte. Das ist wichtig. Steven hat zwar eine gewöhnungsbedürftige Art. Aber das Herz auf dem rechten Fleck. Und seit ihrem Auftauchen hier, halten sich seine Sprüche in Grenzen. Sie machen den Mann weicher, Doktor Webster." Erklärte Mister Traller lächelnd. Ich schwieg, auch wenn ich anderer Meinung war. Denn es klopfte an der Tür.

„Sie wollten uns sprechen, Mister Traller? Ist es wichtig? Denn Professor Lankaster hat ihnen auch etwas zu sagen." Sagte Markus Miller und betrat unaufgefordert das Büro. Langsam folgte Steven. „Drei Ärzte, die sich beim Direktor rumtreiben, statt ihren Job zu tun. Das nenne ich effektives Arbeiten." Grummelte Steven und schob mich aus dem großen Sessel. Ich war gezwungen, mich auf einen der Stühle zu setzen. Mister Traller räusperte sich und überging Stevens Bemerkung. „Ich habe sie rufen lassen, um ihnen mitzuteilen, dass man Doktre Websters Doktortitel anerkannt hat. Damit endet ihre Probezeit vorzeitig. Sie ist ab sofort ein vollwertiges Mitglied unserer Gemeinschaft." Erklärte Mister Traller und hob seine Hand, als Markus ihn unterbrechen wollte. „Sparen sie sich ihrem Atem. Ich weiß von den Medikamenten!

Lilli hat sich von mir das telefonische Okay geholt, bevor sie sich in den Vorratsraum begab. Sie hat sich nichts zu Schulden kommen lassen. Oder wollten sie das etwa behaupten, Doktor Miller? Ich hasse falsche Unterstellungen. Deshalb war ich froh, dass Doktor Webster mich um Aufklärung bat. Sie hatte die Erlaubnis von mir. Ich möchte sie dringend bitten, dass bei den Kollegen richtig zu stellen, Doktor Miller!" Sagte der Direktor schneidend. Dann wandte er sich an Mich. „Sie können wieder an ihre Arbeit gehen, Lilli. Sie auch, Markus. Es wurde alles gesagt." Sagte er dann etwas ruhiger. „Sie, Professor möchte ich bitten, noch etwas zu bleiben. Wir müssen über den Posten des Chefarztes reden." Erklärte er weiter. Ich sah zufrieden, wie Markus Miller zusammenschreckte. „Dann sollte ich auch bleiben. Ich habe mich ebenso um diesen Posten beworben. Und ich bin länger hier. Ich habe mehr Anspruch darauf." Sagte er dann geschäftsmäßig.

„Wir, der Krankenhausrat, haben das alles berücksichtigt, Doktor Miller. Doch haben wir auch die menschliche Seite gesehen. Und man kann so oder so beliebt sein. Ihr Beliebtheit geht da entschieden in die falsche Richtung. Muss ich deutlicher werden?" Fragte Mister Traller und klopfte auf einen Ordner auf den Beschwerden der Mitarbeiter stand. Mit hochrotem Kopf zog Markus Miller seine Schultern ein. „Alles, was ich tat, war persönlich und ich habe niemanden gezwungen. Aber über die dummen Sprüche des Professors regt sich niemand auf? Was ist mit dem Spitzenpolitiker, dem er auf dem Kopf zugesagt hat, dass er zu fett sei. Und, wenn er so weiter frisst, die nächste Amtszeit nicht mehr erlebt! Und das ist nur eines von vielen Beispielen. So einen Mann wollen sie zum Chefarzt befördern?" Sagte Markus wütend.

„Lassen sie mich antworten, Mister Traller." Bat Steven dunkel lachend. „Alles, was sage, meine ich auch so. und der Politiker, den sie erwähnten, hat inzwischen dreißig Kilo abgenommen und ist auf dem Weg, Gouverneur zu werden. Er hat sich bei mir für die ehrlichen Worte bedankt. Ich bin oft grob in meiner Wortwahl, das stimmt. Aber nur bei Menschen, die es abkönnen. Oder es verdient haben. Ich muss niemand erpressen, um an mein Ziel zu kommen." Sagte er dann breit grinsend. Ich schluckte schwer als Markus wütend aus dem Raum stürmte. „Ich werde wieder an die Arbeit gehen. Es viel los, wegen der Grippe." Sagte ich schwach und öffnete die Tür.

Steven folgte mir kurz vor der Tür. „Lilli? Danke für deine Hilfe. Du bist immer noch so mutig und durchgeknallt wie früher. Wie damals riskierst du deinen Job, um mich zu retten, Lilli. Wann wirst du endlich mal klüger und denkst nach. Ich wäre auch ohne deine Hilfe klargekommen. Markus kann mir nicht das Wasser reichen. Den Mann mache ich mit links fertig. Doch du bist jetzt Mutter. Denke wenigstens an Matteo, wenn du dich das nächste Mal opfern willst." Sagte Steven sarkastisch. Langsam Ich wandte mich zu Steven herum und versuchte ein Lächeln. „Durch mein unüberlegtes Handeln bist du doch erst in diese Lage geraten, Professor. Und ich habe es gerne getan. Nichts zu Danken." Sagte ich dann und schloss die Tür hinter mir. Endlich konnte ich meinen Tränen freien Lauf lassen. Der Stress machte sich Luft.

„Eine bemerkenswerte Frau, Professor. Ich bin froh, ihrer Empfehlung gefolgt zu sein. Allein, wie sie beide die Sache heute Morgen im OP geregelt haben. Ohne Blutvergießen. Angesehen von der Kopfwunde des Geiselnehmers. Das war saubere Arbeit. Wie könnte ich die Frau da für zwei Schachteln Medikamente verurteilen." Sagte Mister Traller nachdenklich. Steven nickte zustimmend. „Ich bin da befangen. Da die Medizin auch für meinen Sohn bestimmt ist. Lillis Mutter betreut die Jungen. Es ist nicht so einfach." Erklärte Steven jetzt ehrlich. Er hatte vor dem Direktor keine Geheimnisse. Dazu kannten sie sich beide lange genug. „Du solltest endlich klare Verhältnisse schaffen, Professor. Das Personal redet über euch beide. Ich weiß, ihr kennt euch aus Afghanistan, das weiß ich. Doch der Klatsch ist gefährlich." Sagte Mister Traller ernst. Er sah, wie sich Stevens Gesicht verschloss. „Ich regele es." War alles, was Steven sagte.

Stevens Protzwagen blockierte meinen kleinen Flitzer, als ich endlich Feierabend hatte. Den ganzen Tag konnte ich den Mann aus dem Weg gehe. Ich hatte alle Hände voll zu tun und war jetzt rechtschaffend erschöpft. Ich wollte nur noch Heim. Ich hatte den Vermieter angerufen und mit einem Anwalt gedroht. Jetzt hoffte ich, dass die Heizung wieder lief. Sonst bestand mir und Matteo eine weitere kalte Nacht bevor. Wütend stand ich vor Stevens Wagen und überlegte, dagegen zu treten.

Endlich kam Steven über den großen Parkplatz. „Steig ein, du fährst bei mir mit. Wir müssen reden. Und wir haben denselben Weg" Sagte Steven genervt. Er setzte sich hinter sein Lenkrad und hupte, als ich mich weigerte. Schon drehten sich die Menschen auf dem Parkplatz neugierig zu uns herum. Schnell stieg ich in die große Limousine. „Du bist ein Arsch, Steven. Ich brauche meinen Wagen morgen. Ich muss mir einen Anwalt suchen. Mein Vermieter macht Ärger. Und so schnell finde ich keine neue Wohnung." Erklärte ich bitter. Ich genoss die Wärme in dem modernen Wagen.

„Ich habe den Brief heute Morgen gelesen, Lilli. Du hast ihn auf dem Küchentisch deiner Mutter liegen lassen. Der Vermieter schreibt, dass die Heizung „erneuert" werden muss. Wenn du mich fragst, will er dich loswerden. Das stinkt doch wie Pumakacke." Gestand Steven mir jetzt leise. Das zeigte sein schlechtes Gewissen, ich konnte nicht böse werden. „Der Mann hat mir die Wohnung vermietet, weil sein Sohn zum Studium nach Boston ging. Doch der hat es nicht gepackt und stand wenige Monate später vor meiner Tür und verlangte „Seine" Wohnung zurück. Ich sollte umgehend ausziehen. Ich weigerte mich und habe seitdem Probleme." Erklärte ich meine verworrene Situation. „Aber eine andere Wohnung zu finden, alleinerziehend, ist schwer. ich kann mich nicht zerreißen." Ich seufzte, als Steven verstehend nickte. „Zieh mit Matteo zu uns. Zu Ben und mir. Wir haben mehr als genug

Platz. Wir verstehen uns und die Jungen lieben sich. Das wäre die ideale Lösung. Brüder sollte man nicht trennen, das waren die beiden lange genug." Sagte Steven jetzt nachdenklich. Er hielt seinen Wagen vor dem Haus meiner Mutter. Das ersparte mir die direkte Antwort.

Mutter erwartete uns bereits. Voller Sorge nahm sie mich kurz in die Arme. „Hast du Ärger bekommen wegen den Medikamenten, Liebes? In den Nachrichten geben sie durch, dass man sich jetzt Medizin im Krankenhaus abholen kann. Ist das, weil du Gaby was gegeben hast?" Fragte sie aufgeregt. Steven lächelte beruhigend und nahm Mutters Hand. „Alles in Ordnung, Mrs. Wayne. Ihre Tochter war, wie immer, perfekt. Es ist alles bestens. Wie geht es Kindern? Hilft die Medizin wenigstens?" Lenkte er das Thema jetzt auf etwas unverfängliches.   Mutter nickte erleichtert. „Endlich schlafen die beiden Jungen. Und am Besten lassen wir es auch dabei. In deiner Wohnung ist die Heizung aus, Lilli. Das wäre der Tod für Matteo. Und Ben muss morgen auch noch betreut werden, oder Professor? Also wäre es gut, die beiden einfach hier zu lassen. Macht euch einen ruhigen Abend, Kinder. Ihr habt es euch verdient. Gaby und ich kümmern sich gerne um die „Zwillinge". Sagte Mutter jetzt lächelnd. Ich holte tief Luft, um zu widersprechen. Doch Steven kam mir zuvor. „Danke, das ist sehr lieb, Mrs. Wayne. Lilli und ich müssen uns aussprechen. Da haben sie recht." Sagte er freundlich und reichte mir meine Jacke. Schweigend folgte ich Steven wieder zu seinem Wagen.

11 Kapitel

„Du wirst mit Matteo bei mir einziehen. Das erspart dir den ganzen Ärger mit dem Vermieter und ich habe mehr als genug Zimmer. Außerdem sind dann die Brüder vereint. Das erspart mir eine Menge Ärger. Du weißt, dass ich recht habe. Wir können die beiden nicht mehr trennen." Sagte Steven heiser. Er sah, wie ich meinen müden Kopf hob und ihn verwirrt ansah. „Wir sollen bei dir wohnen? Ist das dein Ernst? Wie stellst du dir das vor? Ich weiß es nicht." Sagte ich erschöpft. Ich versuchte, mir vorzustellen, wie es aussehen würde. Steven lächelte mich an, kein gutes Zeichen, dachte ich. Dazu kannte ich den Mann zu gut. „Das habe ich mir bereits überlegt, MP. Du kannst mit Matteo das obere Stockwerk bewohnen, das nutze ich so gut wie gar nicht. Das wäre innerhalb von zwei Tagen fertig zum Einzug. Und die Jungen wären zusammen." Erklärte Steven mir seinen Plan. Ich schwieg und stellte es mir vor. „Und wir kochen und essen zusammen. Machen auf Familie, ich verstehe. Nein Danke. Das setzt falsche Signale, Steven Lankaster." Sagte ich bitter, denn eigentlich klang sein Vorschlag verführerisch. Es würde auf einen Schlag eine Menge Probleme lösen. Ich kam aus der kleinen Wohnung und hatte mehr Zeit für Matteo. Denn ich sparte eine halbe Stunde Fahrzeit ein. Jetzt musste ich nur noch einen Platz im Hort bekommen, überlegte ich. Doch dann verwarf ich diese dumme Idee. „Ich werde nicht auf dein Spiel eingehen, Steven. Du willst doch nur dein Vermögen retten. Dafür lässt du mich sogar bei dir einziehen. Als „Familie" kommen wir besser rüber, habe ich recht?" Fragte ich wütend.

Wütend auf mich, dass ich seinen Worten so viel Raum gegeben hatte. Ich kannte den Mann doch gut genug. Steven parkte seinen Wagen in der Garage und stieg aus. Er hielt mir seine Hand entgegen. „Ich hoffte, dass es so kommen würde, Lilli. Dir gefällt unser Sex doch auch. Das hat es immer schon. Das ist wunderschön, dich in den Armen zu halten. Das habe ich nie vergessen können. Ich war ein Idiot, dich dort allein zurück zu lassen. Das wurde mir schnell klar." Erklärte er leise und führte mich in sein Haus. Dort setzte er Kaffee auf und schälte sich ungeniert aus seiner Kleidung. Nur in Unterhosen lief er durch das große Haus. „Ich hatte mir damals bereits ein Flugticket nach Kabul gekauft. Ich wollte zurück zu dir, dich holen. Doch dann tauchte Rita auf und ließ die Bombe fallen. Sie war schwanger von mir, das konnte ich nicht ignorieren."" Berichtete Steven dunkel weiter. „Ich schrieb das alles Barry. Der sendete mir die Briefe, die ich dir schrieb, ungelesen zurück und schrieb, dass es so das Beste sei. Dass du mich nicht mehr sehen oder hören wolltest. Dabei wartete ich so sehr auf eine Nachricht von dir." Sagte er brüchig.

Verwundert hob ich meinen müden Kopf. Das alles klang damals bei Barry ganz anders, dachte ich verwirrt. „Ich habe deine Briefe nie gesehen, Steven. Nicht ein einziger kam bei mir an. Es war Barry, der die Post damals annahm, erinnerst du dich? Er muss sie zurückgehalten haben. Aber warum tat er das?" Fragte ich erschüttert. Das ergab für mich keinen Sinn. „Weil Barry schon damals unsterblich verliebt in dich war, Lilli. Er wusste, solange ich eine Rolle in deinem Leben spiele, hat er keine Chance. Deswegen verhinderte er den Kontakt zwischen uns." Erklärte Steven grollend. „Barry war mir ein guter Ehemann und Matteo ein guter Vater." Sagte ich jetzt. Ich hatte das Gefühl ihn verteidigen zu müssen. Steven raufte sich die Haare und führte mich ins obere Stockwerk. „Schau dich hier in Ruhe um, Lilli. Ich werde erst einmal duschen. Hier oben benutze ich nur das hintere Zimmer als Büro. Das kann ich schnell räumen. Du kannst das gesamte Stockwerk nach deinen Wünschen gestalten. Überlege es dir." Lockte Steven mich jetzt und wechselte das Thema. Das war mir recht. Ich wollte nicht weiter über meinen toten

Ehemann sprechen. Ich wusste, dass Barry mir eine Menge verschwiegen hatte. Wozu schlechte Erinnerungen aufwühlen?

Neugierig ging ich die Räume und stellte mir hier meine Wohnung vor. Es wäre ideal, keine Frage. Wir könnten uns gegenseitig mit den Kindern helfen. Ein weiterer Pluspunkt. Ich öffnete eine Tür und stand in Stevens Büro. Dort stapelten sich Fachbücher und Ordner. Auf einem Ordner stand „Lilli". Neugierig griff ich danach, immerhin stand mein Name darauf. Eine Hand voll Briefe fiel mir entgegen. Alle ungeöffnet, an mich adressiert. Meine Adresse in Afghanistan, fiel mir auf. Waren das die Briefe, von denen Steven gesprochen hatte? Ich setzte mich in einen Sessel und durchsuchte den Ordner weiter. Ein Brief von Barry weckte mein Interesse.

„Hallo Steven

Gratulation zu deiner bevorstehenden Vermählung. Ich habe Lilli davon berichtet. Denn nach wie vor, weigert sie sich, deine Briefe zu lesen. Ich soll sie dir zurücksenden. Es hat Lilli das Herz gebrochen. Du bist ein Schweinehund, sagte sie. Tu uns beiden einen Gefallen und lass uns in Ruhe. Es hat keinen Zweck. Lilli hat recht, deine Welt passt nicht zu unserer.

Barry Webster

P.S. Anbei deine Briefe

„Oh Barry. Was hast du nur getan? Fragte ich mich leise weinend. Ich sortierte die ungelesenen Briefe nach Datum. Steven hatte mir jede Woche geschrieben. Und das sechs Monate lang. Ich erinnerte mich an den Tag, da Barry mir von Stevens Hochzeit berichtet hatte. Ab da waren keine Briefe mehr gekommen, dachte ich. Was hatte Barry Steven geschrieben, dass der Mann aufgehört hatte? Wollte ich das überhaupt wissen? Meine halbwegs heile Welt fiel momentan in sich zusammen.

Steven kam, nur mit einem Handtuch um die Hüfte, ins Büro. „Hier bist du. Ich suche dich. Die dusche ist frei. Und ich habe uns Pizza bestellt. Die mochtest du doch immer gern. Beeile dich mit Duschen." Sagte Steven liebevoll. Sein Blick glitt über die vielen Briefe auf dem Tisch. „Was har Barry dir geschrieben, dass du es aufgegeben hast, Steven?" Fragte ich brüchig. Steven räumte die Briefe ein und schloss die alte Kiste. „Garnichts, Lilli. Er stand eines Tages vor meiner Haustür. Er sagte, dass es endlich reiche und ich solle endlich dich in Ruhe lassen. Du hättest dich anders entschieden und willst nichts mehr wissen von mir. Er warf mir den Siegelring auf den Tisch und ging wieder. Das war ca. acht Monate nach meiner Heimreise. Dass er mir meinen Siegelring wiedergebracht hatte, zeigte mir, dass du es ernst meinst. Und ich gab es auf. Doch das ist lange her und nicht mehr von Bedeutung." Erklärte Steven dunkel. Er zog mich in seine Arme. „ Ich wachte eines Morgens auf und der Ring war verschwunden. Barry muss ihn genommen haben. Er war also hier, statt zu einer Konferenz, wie er mir damals erzählte. Warum hat der Mann so etwas Verrücktes getan? Er hat ohne Erlaubnis seine Einheit verlassen und uns damit alle in Gefahr gebracht." Fragte ich fassungslos. Ich erinnerte mich, wie das Lager damals überfallen wurde. Wieviel Angst ich damals um mein Baby hatte. Versteckt, hinter Matteos Bar.

„Barry war verrückt vor Liebe zu dir. Das war der Auslöser. Schon, wie du damals deinen Dienst begonnen hast. Barry liebte dich vom ersten Augenblick. Er sah dich und es war um den Mann geschehen." Sagte Steven dunkel. „Mir erging es genauso. Doch da ich damals mit Rita verlobt war, leugnete ich diese Gefühle. Dann, als sie die Verlobung löste, und ich den Schock darüber verdaut hatte, versuchte ich mein Glück bei dir. Ich stieß jedoch auf Ablehnung. Du warst stachliger als ein Kaktus." Steven verzog sein Gesicht zu einer Grimasse. „Was für ein Wunder. Das treffe ich endlich auf den Mann meiner Träume und er flirtet mit allem, was einen Rock trägt. Ich habe mich augenblicklich in dich verliebt, Steven. Doch zuerst warst du verlobt und danach hast du alles mitgenommen. Barry hielt mich da auf dem Laufenden, was das betraf." Ich kuschelte mich an Steven. „Barry war damals nur ein Freund, nicht mehr, nicht weniger. Dass er mich bereits damals liebte war mir neu." Gestand ich brüchig. „Kein Wunder, dass er mir riet, Matteo geheim zu halten. Er meinte, es wäre ungünstig, dich damit zu behelligen. Du ständest vor deiner Hochzeit und wirst Vater von Rita. Da kannst du keine weiteren Komplikationen gebrauchen." Sagte ich und hob meinen Kopf. Steven verstand. „Genug geredet, das andere können wir später klären. Jetzt möchte ich dich spüren. Ich habe zwar schon geduscht, doch ich begleite dich gerne erneut." Sagte er versprechend. Er hob mich in seine Arme und trug mich aus dem Büro.

Eine Woche später

Mitten in der Nacht schreckte ich hoch. Es war nur ein kurzer Lichtstrahl, der ins Schlafzimmer schien. Doch durch Afghanistan, war ich geschult. Immer in Alarmbereitschaft. Immer in der Furcht vor einem Attentat. Oder dass den Kindern etwas passierte. Beide Jungen schliefen zufrieden n Bens Zimmer. Sie waren zusammen, das reichte ihnen. Steven und ich hatten aufgegeben, das ändern zu wollen. Es war eines des Mysteriums des Universums. Etwas, was wir erst viel später begreifen würden, so sagte Steven.

Vorsichtig schälte ich mich aus Stevens Armen und suchte meine Hose. Wieder ein Lichtstrahl. Draußen trieb sich jemand herum, eindeutig. Irgendjemand war auf dem großen Grundstück und kundschafte alles aus. Sollte ich Steven wecken? Ihm Bescheid sagen, Nachdenklich sah ich dem Mann beim Schlafen zu. So entspannt hatte er bestimmt lange nicht mehr geschlafen, überlegte ich und beschloss, ihn liegen zu lassen. Das würde ich auch allein schaffen.

Ich nahm die Taschenlampe vom Regal und öffnete vorsichtig die Haustür. Dann hörte ich auch schon geflüsterte Stimmen. „Hier wohnt der Idiot? Was für eine Villa. Warum hast du dich damals nur scheiden lassen. Der Typ hat mehr Geld als nötig." Sagte eine dunkle Männerstimme. „War nicht meine Entscheidung. Steven macht mir brutal klar, dass er eine andere Frau liebt. Sie hat er in Afghanistan zurückgelassen. Er hat mich nur wegen dem Baby geheiratet. Damit das Kind seinen Namen bekommt. Er wollte die Scheidung, damit er die andere holen kann. Irgendetwas ist wohl dazwischengekommen. Besser für uns, da können wir Steven leichter unter die Erde bekommen. Und Ben wird sein Erbe. So einfach ist es." Erklärte die Frauenstimme heiser lachend.

„Da haben sie die Rechnung ohne die Frau aus Afghanistan und deren Sohn gemacht." Sagte ich und trat aus dem Schatten.

12 Kapitel

„Und deren zukünftigen Mann." Hörte ich Stevens Stimme aus der Dunkelheit sagen. Überrascht schnellte ich herum. „Soll das ein Heiratsantrag werden, Mayor? Da habe ich etwas romantisches erwartet." Scherzte ich, um meine Angst zu überspielen. Steven war wach und hier. Hoffentlich schliefen die Jungen noch, betete ich. Nicht, dass sie hier auch noch auftauchten. Denn jetzt zog diese Rita eine Waffe und zielte damit auf Steven. „Du kennst mich besser als jeder andere, Lilli. Und du erwartest etwas

Romantisches? Ich habe alles geregelt. Unser Termin ist am Montagmittag. Sei froh, dass ich es dir so mitteile. Ich hatte eigentlich vor, es dir am Montagmorgen zu sagen." Sagte Steven jetzt sarkastisch. Ich wurde feuerrot, dann wütend. „Wie jetzt? Du hast ohne mein Einverständnis unsere Hochzeit geplant?" Fragte ich verstimmt.

„Hallo? Ich stehe hier mit einer geladenen Waffe vor dir und du planst deine Hochzeit?" Schrie jetzt Rita. Nervös fuchtelte sie mit dem Revolver vor Stevens Nase herum. „Ich versuche nur, die Zeit zu überbrücken. Ich habe die Polizei benachrichtigt, bevor ich dir gefolgt bin, Lilli. Etwas, dass du hättest tun sollen, Liebes. Doch du stürzt dich ja lieber in das Unbekannte." Schimpfte Steven jetzt grantig. Dann wandte er sich an den jungen Mann neben Rita. „Sie scheinen ein verknallter Idiot zu sein, der blind gehorcht. In der Hoffnung, Sex zu bekommen. Sie sollten die Beine in die Hand nehmen und verschwinden. In kaum einer Minute ist die Polizei hier. Wollen sie wirklich wegen dem mittelmäßigen Sex im Knast landen?" Fragte er den Mann ironisch grinsend. „Wie, du willst den Mann einfach davonkommen lassen?" Fragte ich empört.

„Liebe ist eine Krankheit, für die es keine Medizin gibt. Leider ist sie oft unheilbar. Ich kann das gut beurteilen. Der junge Mann kann abhauen." Bestimmte Steven grinsend. Rita fuchtelte mit der Waffe jetzt vor meiner Nase herum. „Ich erschieße euch beide! Dann habe ich meine Ruhe!" Schrie sie aufgebracht. „He, lasst mich aus eurer Beziehungskiste raus. Ich bin eine unbeteiligte Zuschauerin." Sagte ich auch schmunzelnd. Steven nickte zustimmend. „Drück du nur ab, Rita. Der Revolver ist nicht entsichert. Der geht nach hinten los. Das hat das alte Modell an sich." Sagte er lachend. Jetzt waren Polizeisirenen zu hören. Der junge Mann drehte sich und verschwand. „Kluger Junge. Aus dem kann was werden. Ich hoffe das Beste." Sagte Steven und entriss Rita die Waffe. Ein Schuss löste sich und traf den Apfelbaum. „Du hast mich belogen!" Schrie Rita wütend und schlug um sich. „Das hättest du ahnen können, Rita. Dafür kennst du mich lange genug." Sagte Steven und übergab die sich wehrende Rita den Polizeibeamten. Zufrieden sah er dem Streifenwagen hinterher. „Das wäre auch erledigt. Die sehen wir so schnell nicht wieder." Sagte er seufzend. Er wollte mich an sich ziehen, doch ich wich aus. „Du hast das hier, heute Nacht, erwartet. Du wusstest, dass Rita versuchen würde, dich zu ermorden!" Schrie ich Steven an. Der Mann nickte zustimmend. „Schuldig im allen Anklagepunkten. Die Polizei wusste Bescheid und fuhr Streife, deswegen waren sie so schnell hier. Ich kenne Rita und wusste, dass sie das alles nicht so einfach hinnehmen kann. Du oder die Jungen waren zu keinem Zeitpunkt in Gefahr." Erklärte er dann geduldig.

„Du bist ein Arsch, Steven Lankaster. Du hast dich seit Afghanistan keinen Deut geändert." Schimpfte ich schwach. Ich wusste, Steven vertraute mir. Das hatte mir der heutige Abend gezeigt. Sonst hätte er mich vorhin aufgehalten. „Ich liebe dich so sehr. Daran hat sich nichts geändert. Seit du damals vor mir standest. In deiner lächerlichen Uniform. Es war, als träfe mich der Schlag. Es fiel mir so schwer, es zu leugnen." Gestand Steven leise. Ich kuschelte mich in seine Arme. „Das hast du mit deinen dummen Sprüchen gut verstecken können. All die Jahre habe ich es nicht bemerkt. Ich dachte immer, ich wäre eine weitere Eroberung für dich. Und Barry bestärkte mich darin." Sagte ich heiser. Steven nickte verstehend. „Barry sagte mir damals, in der Liebe und dem Krieg gäbe es keine Regeln. Und er würde um dich kämpfen. Das tat er. Er hat damals gewonnen." Sagte er bedauernd. Ich konnte mir ein Grinsen nicht verkneifen. „Du hast es ihm ja auch sehr leicht gemacht, Steven Lankaster. Er musste nur zusehen, wie du dich selbst zerstörst. Was ist jetzt mit Montag? War das dein ernst? Ich soll dich heiraten?" Fragte ich dann, um das leidige Thema zu wechseln.

„Nichts war mir je wichtiger, Lilli- Elisabeth Webster, geborene Mayer. Ich will dich heiraten, seit du mir damals in der Basis über den Weg gelaufen bist." Sagte Steven und küsste mich leidenschaftlich. Ich hatte nichts mehr dazu zu sagen.

Epilog

Heute war Bens Geburtstag. Ein besonderer Tag, denn Stevens Vater hatte sich angemeldet. Zuerst hatte mein lieber Mann das abgelehnt, doch ich hatte mich durchgesetzt. Die Geschichte mit Rita hatte große Wellen geschlagen und der Prozess wurde in der Zeitung breitgetreten. Etwas, was Stevens Vater verärgert hatte. Doch dadurch hatte der Mann von Matteo erfahren und dessen Ähnlichkeit zu Ben. Der Mann war neugierig. Steven sollte sich endlich mit seinem Vater aussprechen. Die Jungen hatten Anrecht auf ihren Großvater, das hatte ich Steven klargemacht.

Die Jungen warteten gespannt auf ihren unbekannten Großvater. Immer wieder drückten sie ihre kleinen Nasen an die kalte Fensterscheibe. „Macht euch nicht zuviel Hoffnung, Jungs. Der Mann wird wahrscheinlich nicht kommen. Wäre nicht das erste mal, das er jemanden versetzt. Ich kann da aus meiner Jugend ein Lied singen. Ich habe nach dem Tod meiner Mutter, viele Geburtstage allein feiern müssen. Seine Patienten waren ihm wichtiger." Sagte Steven bitter.

„Manchmal ändern sich die Menschen." Sagte ich aufatmend und sah die große Limousine vor dem Haus halten. Ein Mann, eindeutig Stevens Vater, kam die Einfahrt hoch. „Andere Menschen vielleicht, er nie. Ich bin im Büro. Ich habe eine Menge Akten aufzuarbeiten. Der Mann ist ja wegen den Kindern hier, nicht wegen mir." Schnauzte Steven und knallte die Bürotür hinter sich zu. „Sturer Feigling" Rief ich Steven hinterher. Sollte er doch maulen. Ich würde mit seinem Vater sprechen. Denn, wenn ich eines gelernt hatte, dann, eine Geschichte stets mehrere Seiten hatte. Die Bürotür ging einen spalt auf. „Ich bin nicht stur. Ich bin konsequent." Rief er mir hinterher. Die Jungen waren bereits an der Haustür.

„Mein Sohn weigert sich, mich zu sehen? Schade, ich dachte, dass wir alles klären könnten. Es hat sich eine Menge angesammelt." Sagte Stevens Vater enttäuscht. Wir sahen den Jungen zu, wie sie die Geschenke ihres Großvaters auspackten. „Es ist faszinierend, ich kann nicht sagen, wer von den beiden Ben und wer Matteo ist, Lilli. Kaum zu glauben, dass sie nicht die gleiche Mutter haben." Wechselte Mister Lankaster jetzt das Thema. Ich lächelte dankbar, denn es nahm der Situation den Zwang. „Sie kennen ihren Sohn, Doktor Lankaster. Was soll ich dazu sagen?" Murmelte ich und sah dann auf Matteo. „Mein Sohn ist einen Monat älter als Ben. Es wundert uns auch, dass sie sich so ähneln. Steven meint, dass das Universum etwas Besonderes mit den beiden vorhat." Erklärte ich dann etwas lauter.

„Das kann gut sein. Die Geschichte ist voll von Geschichten über Brüder. Remelus und Romulus. Die beiden erbauten Rom. Oder die Gebrüder Wright. Ihre Flugzeuge sind weltberühmt. Oder die Gebrüder Grimm. Ihren Werke verdanken wir die schönsten Märchen. Ich bin gespannt, was die

Zukunft für die beiden bereit hält." Sagte der Mann nachdenklich. „Zum Glück haben eine gute Mutter an ihrer Seite, die ein Auge auf sie hat. Die jungen haben es besser als Steven es hatte. Seine Mutter war Typ Rita, leider habe ich nicht den Mut gehabt, mich scheiden zu lassen. Ich vergrub mich in die Arbeit, meine Frau in den Alkohol. Steven war sehr oft allein und geriet in die falschen Kreise. Es glich einem Wunder, dass er seine Ausbildung schaffte. Ich gebe mir an dem Mist, den Steven anstellte, große Mitschuld. Mehr als einmal suchte Steven meine Nähe und ich stieß ihn weg. Gestresst und gequält von der Arbeit und seiner Mutter. Als meine Frau bei einem Autounfall starb, verlor ich jeden Kontakt zu Steven. Er gab mir die Schuld daran. Er wusste nichts von der Alkoholsucht seiner Mutter. Er war damals doch erst vierzehn Jahre alt und hat seine Mutter vergöttert." Erzählte Mister Lankaster heiser. „Und als er dann diese Rita heiratete, glaubte ich, dass er den gleichen Fehler wie ich macht und zog die Reißleine." Setzte er leise hinzu.

„Ich war alt genug, du hättest mit mir reden sollen, Vater. Ich ahnte, dass mit Mutter etwas nicht stimmte. Ihre Stimmungsschwankungen waren oft heftig. Du ahnst nicht, wie oft ich mit dir darüber sprechen wollte und mich nicht traute. Du warst unnahbar. Selbst als ich aus Afghanistan zurückkehrte, hast du nicht geredet." Hörte ich endlich Stevens dunkle Stimme hinter mir. Ich hörte Stevens Vater aufatmen. „Du hast eine wunderbare Frau geheiratet, Sohn. Ich bin stolz auf dich. Du hast es besser getroffen als ich." Sagte er kratzig. Er reichte Steven seine Hand.

Ich erhob mich und küsste Stevens Wange. Dann nahm ich die Jungen und ging. Ich ließ Vater und Sohn allein. Die beiden hatten eine Menge zu bereden. Es würde alles gut werden.